Yo, Robinsón Sánchez, habiendo naufragado

P
U
N
T
O

D
E

E
N
C
U
E
N
T
R
O

Eliacer Cansino

Yo, Robinsón Sánchez, habiendo naufragado

EVEREST

CONNOLLY

Estos días azules y este sol de la infancia…

A. MACHADO

Coordinación Editorial: Ana María García Alonso
Maquetación: Emilia González Ordás

Ilustración de cubierta: Tino Gatagán
Diseño de cubierta: Jesús Cruz

© Eliacer Cansino
© EDITORIAL EVEREST, S. A.
Carretera León-La Coruña, km 5 - LEÓN
ISBN: 84-241-5971-3
Depósito legal: LE. 1646-1998
Printed in Spain - Impreso en España

EDITORIAL EVERGRÁFICAS, S. L.
Carretera León-La Coruña, km 5
LEÓN (España)

EDITORIAL EVEREST, S. A.
Madrid • León • Barcelona • Sevilla • Granada • Valencia
Zaragoza • Las Palmas de Gran Canaria • La Coruña
Palma de Mallorca • Alicante • México • Lisboa

SE DESCUBRE A UN ASESINO

Hacía tan sólo unos instantes que había oído a alguien arrastrar los pies por el corredor, bajar las escaleras, trastear en la cocina. Al poco tiempo cruzó de nuevo sigilosamente por mi puerta. Era la abuela. Como todos los días, el hambre la desvelaba a media noche y la hacía bajar a hurtadillas para comer un trozo de queso. Ella se quejaba de que tenía que levantarse a orinar, que le reventaba la vejiga si no lo hacía. Pero no era cierto. Todo eso no eran más que argucias para satisfacer su estómago. Ahora lo sabía con certeza. Días atrás, al ir a coger una pelota, descubrí bajo su cama un montoncito de cortezas de queso. Mi abuela había sido siempre una farsante, a pesar de todos sus ricitos bien puestos y esa sonrisa que la hacía parecer caída del cielo.

De nuevo el silencio pareció devolver la quietud a la casa. Me eché abajo de la cama y apresté la oreja tras la puerta. Todos parecían dormir. La abuela, ya en su habitación, estaría distraída royendo su queso como una enorme rata nocturna. Salí al pasillo y bajé sigilosamente. Tenía que poner cuidado en no tropezar con las sillas. Llegado a la puerta que da acceso al patio, sostuve la campanilla con un trapo y descorrí el cerrojo.

En el jardín la luna iluminaba los setos y dotaba de una extraña penumbra a todos aquellos arriates. Me acerqué al árbol y comencé a escarbar junto al tronco. La tierra, sin duda, había sido removida. Cada vez estaba más seguro de que lo habían hecho. Continué cavando. Por fin, mis dedos tocaron un cuerpo extraño, suave como una piedra musgosa. Me detuve un segundo y miré hacia las habitaciones para cerciorarme de que nadie me vigilaba. Las ventanas de los dormitorios permanecían a oscuras. Sacudí la última capa de tierra y, en efecto, bajo ella estaba Sancho con los ojos cerrados y la nuca ensangrentada. Sentí un nudo en la garganta y las lágrimas temblándome en los ojos. De nuevo tapé el agujero y pisé la tierra hasta apelmazarla. Después coloqué una piedra blanca sobre el sitio y entré otra vez en la casa.

Desde la ventana de mi habitación volví a asomarme al jardín. Al pie del árbol, la piedra blanca relucía con la luna, como si fuese el mismísimo corazón de Sancho palpitando aún.

Debió de ser horrible el final. ¿Cómo iba a presentir Sancho que aquel hombre o mujer a quien tantas veces había visto antes pondría fin a sus días? Sin darle tiempo a huir, vería horrorizado cómo se le acercaban las manos asesinas de mi padre o de mi madre, o cómo la abuela, descubierta *in fraganti* mientras robaba el queso, le echaba enfurecida un trapo por encima para impedirle toda defensa. ¡Qué vergüenza matar por un trozo de queso!

Sancho era mi mochuelo. Un ave nocturna preciosa y sabia como todas las de su especie y que a la postre resultó incómoda para mi familia. Vivía en la cocina, pero a veces revoloteaba por la casa y entraba en la habitación de alguien y se le quedaba mirando, posado sobre los pies de la cama como si le vigilara los sueños. Por eso no le querían. Les fastidiaba su mirada, esa inquisición que parecía adivinar el pensamiento. A mí, en cambio, me gustaba saber que estaba allí, me tranquilizaba; era como un centinela o como un ángel que guardara mi paz. Sí, tal vez era un ángel encarnado en sabia rapaz y eso convertía el asesinato en un angelicidio, algo, sin duda, de mucha más trascendencia.

Cuando todos apagaban las luces, encendía él sus dos faritos fosforescentes como dos lucernas inmóviles que no cejaban jamás en su vigilia. "Aquí no mira así nadie más que yo", solía decir mi padre, molesto por la mirada del bicho. A mi madre, a su vez, le daba repugnancia el color de las plumas que, según decía, le parecían como la piel de un lagarto, y que era un crimen tenerlo en casa, que a los animales hay que dejarlos en libertad. Pero yo no entendía otra libertad que la que cada cual quisiera darse. ¿Es que acaso Sancho no tenía libertad? Jamás le impedí que se fuera y él no lo hizo. Siempre que salía, probablemente de excursión por las torres, volvía otra vez al amanecer, advirtiéndome con su aleteo del poco sueño que aún me restaba. Le gustaba comer en mi mano sin tener que luchar contra las culebras sinuosas y los ratones esquivos. ¡Estaba tan gordito! Yo siempre procuraba que tuviese comida. Si no había carne, le cedía, sin que me viesen, parte de mi filete. Y aunque es verdad que en cierta ocasión acabó con las salchichas hay que entender que fue cuestión de supervivencia, es decir, cuestión de vida o muerte.

No sé si fue por cabezonada o porque realmente no pude soportar la vileza del asesinato de Sancho, lo cierto es que me prometí que no cejaría hasta descubrir al asesino, y, una vez descubierto, hacerle pagar su crimen.

Aquella tarde medité una serie de preguntas-trampas, algo así como anzuelos para pescar al pez. Así lo había visto hacer al padre Brown y me parecía un buen sistema para comenzar.

Desde el principio sospeché de la abuela. Dudaba que mis padres hubiesen tenido la sangre fría de matar a Sancho; en cambio, de la abuela no me costaba ningún trabajo creerlo, ya que en una ocasión la pillé matándome los grillos que yo guardaba en una caja de zapatos. Tanto se ensañó al pisarlos que pensé que tenía alma de asesina, y que lo hubiese sido de veras si hubiera vivido entre hampones. Así que en el desayuno me apresuré a lanzar el anzuelo.

—¡Menos mal que ha vuelto Sancho! —dije como quien no quiere la cosa—. Pensé que se había marchado para siempre.

Mis padres replicaron inmediatamente, lo cual les dejaba a salvo de toda sospecha:

—Estarás contento, ¿no? Ya te estabas poniendo pesado con el mochuelo.

La abuela, por el contrario, no dijo nada y se me quedó mirando extrañada. Cuando tragó la miga que tenía en la boca, preguntó:

—¿Dónde lo has visto?

Con toda la sangre fría que había aprendido del padre Brown, dije:

—¿Por qué? ¿Te extraña que lo haya visto?

—Sí que me extraña —contestó—. Esos pájaros, una vez que se van no vuelven jamás.

—Una vez que se van de este mundo, querrás decir, ¿no? —repliqué, adoptando una magnífica actitud policial.

—No sé qué quieres decir —dijo algo aturdida.

—Sí que lo sabes —contesté—. ¡Lo sabes muy bien!

—¡Yo no sé nada!

—Te parece imposible que haya vuelto, ¿no? A no ser que sea el fantasma de un mochuelo lo que he visto. ¡Un fantasma capaz de sacarle a alguien los ojos por la noche!

—¡Decidle a este niño que se calle! —exigió la abuela, nerviosa—. Últimamente la tiene tomada conmigo, no sabe más que mortificarme.

—¿Por qué le dices esas cosas a la abuela, Miguel?

—Por nada.

Ya no había que dar más explicaciones. Estaba claro: ella era la asesina. Ahora sólo había que actuar.

Esa misma noche, como era ya costumbre, oí junto a mi cuarto los muelles de su cama. Al poco tiempo, unos pasos y, por fin, la puerta del cuarto contiguo se abrió lentamente. La abuela volvía otra vez a las andadas: primero se dirigiría al retrete, por si alguien la descubría, poder disculparse; después, cuando se cerciorase bien de que todos dormían iría a la cocina, donde impunemente tomaría su ración de rapiña nocturna. La seguí con el oído. Escuché su trasteo en la alacena. El corazón se me aceleró, apreté los dientes, me tapé las orejas con la almohada y, en ese momento, se oyó el chasquido y a continuación un grito aterrador que no cesaba. Mi padre saltó de la cama sonámbulo. Mi madre corrió tras él por el pasillo.

—¡Dios mío! ¡Qué pasa, qué pasa! —gritaban.

En la cocina, la rata nocturna de mi abuela saltaba de un lado para otro, dando alaridos, con la mano pillada en la trampa para pájaros que yo había colocado junto al queso.

En mi habitación, solté la almohada que apretaba en mis oídos. Oí los últimos lamentos de la abuela y esbocé una satisfactoria sonrisa vengativa.

Días después, todo estaba preparado para el viaje a Sevilla. Sin embargo, Sancho ya no vendría con nosotros y permanecería allí, junto a otros muertos familiares, soñando en su eternidad con el cielo azul y rosa y los olivos de los que yo tantas veces le había hablado.

APARECEN ANIMALES MELANCÓLICOS

El viaje a Sevilla fue el más largo de cuantos había hecho hasta entonces. Los preparativos para la marcha me obligaron a olvidar la pena que me causó la muerte de Sancho y sólo la mano vendada de la abuela y su mirada insidiosa me devolvían el recuerdo de aquellos ojos redondos y sabios ya cegados para siempre por la tierra.

A medida que el tren avanzaba, Salamanca se iba quedando atrás sin poder seguirnos en nuestra carrera y, a los pocos minutos, tan sólo la torre de la catedral y algún cernícalo resistían al naufragio de los edificios, avisando, como mástiles, que la ciudad aún estaba allí. Me pareció mentira que lo que había permanecido durante tanto tiempo ante mis ojos, con o sin mi voluntad, se extinguiese ahora en tan sólo unos segundos. Lo mismo pensé cuando murió la abuela, viendo que la voluntad era incapaz de resucitar nada y que tan sólo a la memoria le estaba permitido ese don.

Salamanca era la ciudad donde yo había nacido. Mientras estuvimos en ella siempre vivimos en la calle de Serrano, algo más abajo de la Universidad de la Iglesia, a la que allí llaman la Ponti, por ser pontificia, y a la que prometí volver algún día como si me hubiese propuesto cerrar el ciclo de mis viajes regresando al mismo lugar de donde ahora partía.

La Universidad era un edificio sorprendente, de cúpulas redondas y torres altísimas, que resistía el embate del viento y de los fríos como si fuese el inquebrantable navío de la Iglesia en el piélago del mundo. Desde los balcones de la casa, casi siempre cerrados, podía vérsela como un sueño fantasmagórico en las noches umbrosas, o como una sorpresa mágica en los días de sol, entre la algarabía de cuervos que cernían sus torres. Sin embargo, para mí, y aun estando tan cerca de casa, era un recinto prohibido, algo así como un cenáculo de sabios donde se discutía sobre el misterio de la Santísima Trinidad y a cuyas espaldas vivía el mismísimo demonio. En mi imaginación no llegaba a discernir aquella doble faz de santidad y pecado que rodeaba a aquel edificio e imaginaba que eso era así porque en alguna mazmorra los curas tenían preso al propio Satanás, el cual, al menor descuido de los teólogos (como mi padre llamaba a todo el que trasponía sus puertas), aprovechaba para escapar y huir por las callejas de atrás, donde nunca yo debía aventurarme por temor a encontrarlo. Ahora comprendo que la mente infantil todavía está llena de fantasmas y que no había otro misterio tras aquellas calles que la existencia de un barrio chino del que mis padres procuraban, celosamente, alejarme.

La casa que dejábamos había sido habitada primero por mis abuelos, quienes la alquilaron al casarse y a la que después fuimos nosotros, al quedar viuda mi abuela. Aunque era un caserón viejo y con pocas comodidades, a mi padre le agradaba más vivir allí que en Garrido, un barrio, por aquel entonces, aún demasiado alejado del centro y muy menesteroso. Papá hablaba siempre de comprar aquella casa, pero ése será uno de sus sueños incumplidos, pues cuando parecía que iba a conseguirlo nos llegó aquel traslado a Sevilla. El otro sueño, el que creo que jamás logrará realizar, le ha costado sin duda la sonrisa.

Fue en los ojos de mi madre, mientras las sombras de los árboles iban cruzándole la cara, donde me di cuenta de que los trenes eran animales melancólicos; pero era tal mi entusiasmo por el cambio de ciudad y por la nueva vida que nos esperaba que en ningún momento caí en la trampa que me tendían los paisajes, los campesinos petrificados a nuestro paso, el olor a carboncilla, todos esos decorados de la nostalgia. Muy por el contrario, no paré de recorrer el tren durante todo el viaje, atravesando los vagones, arriesgándome al estrépito y al viento en las cabinas de tránsito, entrando con o sin ganas una y otra vez en los retretes, pisando la palanca dorada que impulsaba el chorro del agua, comprobando con estremecimiento el fondo hueco de las tazas por donde caían los desechos a la vía y por donde un niño podía escabullirse al menor descuido. Así iba y venía, corriendo hasta el primer vagón para ver la máquina negra y humeante o llegando hasta el último, tras infinitos equilibrios, desde cuya portezuela hermética podía verse cómo se perdían los paisajes tragados por la lejanía.

Hice cuanto pude para no dejarme abandonar al abatimiento de la nostalgia y, sólo al atardecer, cansado ya de expediciones, cuando el sol a la altura de las ventanillas enrojecía el mundo y aparecían en el horizonte las primeras sinuosidades de Sevilla, sólo entonces me dejé llevar por la impresión de que algo en mi interior se transformaba con aquel viaje. Dejé caer los ojos sobre la llanura azul y verde, con cierta lentitud, como si supiese que ahora tenía que mirar las cosas de otra manera, menos deprisa. Sin ser buscada, la imagen no pudo ser más simbólica: en una de las amplias curvas del trayecto divisé por vez primera una hermosa torre que alardeaba su belleza en el horizonte. Sin recato, grité entusiasmado: "¡Mirad, la Giralda!". En el mismo momento en que lo decía, una sombra oscureció el cristal y me permitió ver en él mi propia imagen. De repente, me pareció que me había crecido el bigote, que tenía pelos en torno al mentón, y que nunca antes me había dado cuenta de ello. Cuando reapareció la torre, perdida por unos instantes tras una suave loma, ya me había hecho la firme proposición de que al día siguiente comenzaría a afeitarme.

CAEN CAGADAS DE PÁJARO SOBRE MI AMOR

Lo que quedaba del verano lo ocupé en conocer los alrededores del lugar donde nos habíamos instalado. También entablé algunas primeras amistades y procuré habituarme al ritmo de vida que llevaban en esta ciudad, tan diferente en todo al de la mía y tan desconocido para mí.

Sevilla era algo deslumbrante para un chico que había vivido tantos años entre edificios de piedras adustas y firmes que, como fortalezas, parecían guardar celosamente la entrada de cualquier invasor. Esta ciudad, por el contrario, era el lugar apropiado para los invasores, un campo abierto en el que todo se extendía sin límites, donde los huertos aún se hallaban sin tapias y los días desconocían el momento del fin. Ni la luz, ni las sombras, ni la seriedad, ni las bromas hallaban fronteras precisas y todo se mantenía en una vaga y, para mí, desconcertante indecisión. No fueron por ello sus edificaciones, ni las espadañas de sus torres, ni sus barrios típicos, ni sus jardines, lo que en principio me deslumbró. Todas esas cosas tardé algún tiempo en conocerlas. Fue, sobre todo, el ambiente: la duración de los días, las luces, los larguísimos silencios de las siestas, el vivir volcados en la calle, el cine de verano, los paseos a altas horas de la noche en busca de un helado…, algo que superaba en realidad todo lo que yo había soñado.

El barrio donde fuimos a vivir estaba situado extramuros, entre lo que llamaban la Macarena y el Cementerio; junto a un enorme hospital rodeado de jardines de los que sobresalían, para mi asombro, altísimas palmeras que disputaban su altura con las torres. En aquel barrio solían vivir muchos ferroviarios por la cercanía a las estaciones, y mi padre eligió vivir en él dado que allí conocía a un amigo de juventud y porque le pareció que sería más fácil relacionarse con compañeros del gremio en una ciudad desconocida. En verdad se equivocó, pues vivir junto a otros ferroviarios, tal como después le trataron, no fue para él sino motivo de hondas amarguras.

Aquel verano, pues, desconocedor aún de la tristeza que mi familia traía consigo y que a mí me ocultaban, lo dediqué a conocer a los otros chicos del barrio y, sobre todo, a colaborar en la limpieza matinal de un cine de verano que había junto a nuestra casa, lo que me daba la posibilidad de entrar gratis en la sesión. A las doce de la mañana salía el encargado del cine a la puerta. Los chiquillos nos arremolinábamos empujándonos para que nos viera la cara, y él, con un criterio del todo arbitrario, elegía cada día a cinco o seis para hacer la labor. A mí me eligió en muchas ocasiones, probablemente porque le llamaba la atención mi forma de hablar y porque le hacía gracia el que no entendiera qué significaba baldear el albero. Sea como fuere, eso me permitió ver durante aquel verano más películas que en toda mi vida, lo cual me proporcionó una cierta cultura mundana, de la que hasta entonces yo carecía, y una libertad nocturna desusada.

También aproveché para conocer a algunas niñas (aquí nunca les llamaban chicas). Durante algún tiempo ejercí sobre ellas una cierta fascinación, mitad provocada por mi forma de hablar, mitad por la novelería que conlleva el ser forastero en cualquier sitio. Yo, a ellos apenas les entendía, sobre todo cuando hablaban deprisa, y tuve que habituarme no sólo a aquel banquete de eses que se daban cada vez que abrían la boca, sino a otras muchas deformaciones de las palabras y a la jerga propia de los chiquillos, distinta en casi todo a los de Salamanca. Recuerdo el chasco tan enorme y el sonrojo que produjo entre mis incipientes amigas el día que dije que me había comido los últimos chochos que quedaban en mi casa y que pasaría mucho tiempo antes de que volviera a probar ningún otro. Mis vecinos se echaron a reír a todo trapo y las niñas se sonrojaron primero y después se carcajearon, mirándome como a un monstruo. Cuando pregunté, incomodado, qué gracia veían en comerse dos chochos uno detrás de otro, volvieron a partirse de risa, y sólo cuando les mostré uno de esos dulces parecidos a peladillas, tan comunes en Salamanca, apaciguaron su hilaridad y me dijeron que en Sevilla daban ese nombre al sexo femenino, lo cual me hizo sonrojar primero y después acompañarles en sus renovadas risas.

Aquella intervención me reportó algún mote obsceno que tardé algún tiempo en quitarme de encima, pero debo confesar que las niñas se sintieron encantadas conmigo desde mi llegada.

Pronto adquirí fama de fino y educado, pues solían, y aún lo hacen, confundir esas virtudes con la forma de pronunciar. Pero aunque varias de ellas deseaban salir conmigo y que fuéramos al cine formando pareja, a mí se me cruzó entre ceja y ceja una niña rubia, llamada Angelines, que se hacía la esquiva y que rara vez bajaba a la calle y todo lo decía desde el balcón.

Mantener conversaciones con ella desde abajo tenía el inconveniente de dificultar la comprensión y la ventaja de que al menor descuido podían vérsele las piernas. En aquel balcón me pareció la más hermosa de todas las niñas y cuando por fin bajó y logré hablar con ella frente a frente me pareció aún más hermosa y deseable. Sus pechos me impresionaron, sin duda mucho más grandes y redondos ahora de cerca que vistos desde abajo. Y sobre todo me pareció mayor que las otras amigas, más seria, menos intrascendente, con el cuerpo más voluminoso y menos abarcable, algo así como una novia de veras. Tres días más viéndola aparecer en el balcón y ya me había enamorado locamente. A partir de entonces procuré por todos los medios obtener una cita con ella a solas, un momento apropiado en el que poder declararle mi amor. Pero no fue fácil, pues ni ella se decidía a apartarse conmigo, ni los demás veían con buenos ojos que les arrebatara, recién llegado, al más preciado de sus tesoros.

Chiflado de amor como estaba, no quise darme cuenta de que entre ella y yo existían algunos problemas que yo minimizaba y que a la larga hicieron desgraciado aquel amor. Tenía ella dos años más que yo, aunque en verdad parecían más. Si yo era bajito, ella era alta; si mi torso era flaco, al de ella le sobraba presión; si mis ojos se avergonzaban con rapidez, los suyos mantenían la mirada con el descaro de una artista. Todo difícil, pero apropiado para que mi corazón se desbocara en su presencia, mientras que el suyo permanecía tibio, indeciso, tan sólo curiosillo por mi extranjería.

Ultimando septiembre, en una de esas tardes tan dulces transidas por un leve airecillo, logré por fin arrancar la cita con la que tanto había soñado. Era la primera vez que salía solo con una "mujer". No pensaba entonces en el desgraciado incidente que se me venía encima.

Paseábamos por la Macarena, junto a las murallas romanas y árabes. Yo comencé a hablarle de estos últimos, pues, dado que en mi tierra no había monumentos de ellos, sería un buen tema para que ella tomase la conversación y se luciese. Pero pronto me di cuenta de que no tenía ni idea y que ni siquiera sabía muy bien si la Giralda era árabe o cristiana, pues aunque había oído campanas —nunca mejor dicho— precisamente dijo que éstas eran lo que de árabe tenía la torre. Desistí pues de la conversación y comencé a hablar de los árboles, de las palmeras, tan esbeltas y exóticas y que tanto me sedujeron desde que llegué.

Así anduvimos durante un buen rato, indecisos, aún tensos, sobre todo yo, por la gravedad que la circunstancia me imponía. La acera por la que paseábamos era ancha y poco frecuentada, jalonada por una hilera de falsas moreras que tenían el suelo salpicado de moras. La conversación había ido derivando hacia temas del colegio. Ella quería estudiar secretariado o algo así cuando llegase el nuevo curso y yo, por mi parte, hablaba de ser arqueólogo. En eso, aparecieron por el frente dos soldados, con sus trajes monstruosamente opacos. Pronto advertí que aun desde lejos ya miraban a Angelines. Bueno, todos la miraban, pero pensaba yo que viéndola acompañada debían dejar de hacerlo. Ella parecía no darse cuenta de cómo los ojos de los demás la perseguían o, al menos, lo disimulaba. Desde que los vi aparecer temí que al pasar junto a nosotros le dirían algo, uno de aquellos piropos soeces que tanto estilaban por aquí. Comenzó a forjarse en el aire un duelo terrible, de esos en que a cada paso mengua el tiempo del disparo. Yo hubiese dado la vuelta, pero no se me ocurría excusa alguna para hacerlo. Ella seguía hablando de su secretariado, que si tal vez en una oficina, que si en el Ayuntamiento donde su padre trabajaba, que… Yo, en cambio, ya no la escuchaba y contaba los pasos con angustia. Me arrimé algo más a ella para que los soldados se diesen cuenta de que la acompañaba, saqué el pecho y me estiré cuanto pude. Los veía acercarse como dos monstruos que vinieran hacia nosotros sin poder evitar, a la vez, ir hacia ellos. Las moreras dejaban caer sus moras con mayor insistencia, balanceaban sus ramas. "Porque siendo secretaria…" Los soldados se reían entre sí. Ya los teníamos encima y, en efecto, al cruzar junto a nosotros uno de ellos dijo, por el lado donde ella iba:

—¿Vas a darle la teta al niño, rubia?

Siguieron unas risotadas huecas. Yo me los quedé mirando, rojo, con todo el odio del mundo, sin decir nada. Continuamos andando mientras se oían sus risas. Angelines hizo la que no los oyó (eso se lo agradezco) pero se puso muy colorada. Los soldados le habían revelado de repente lo estúpido de nuestra relación. La vi entonces gigantesca, altiva, como si nada pudiese ya acercarme a ella. Las moreras seguían dejando caer sus frutos, pero ahora me parecían cagadas de pájaros sobre mi amor. Ella guardó silencio. Debía de estar pensando aún en los soldados. De momento, cambió la mirada, la forma de andar. Se había dado cuenta de que era mayor, de que podía aspirar a conocer a otros hombres que le hablaran del mundo y no a mí, que le hablaba del colegio. Para esa tarde yo me traía aprendido un poema de Bécquer. Lo había estado memorizando durante una semana y esperaba soltarlo cuando la tarde comenzase a caer y el cielo tomase los colores malvas. Me pareció ridículo. Pensé que a las mujeres no les gustaba la poesía ni nada parecido. En mi interior, odié a aquellos soldados. Aligeramos el paso. No sabía qué decir, ella tampoco. Las moreras se acabaron y comenzó una hilera de acacias. Por fin llegamos de nuevo a su calle. Allí volvió a hablar y me dijo:

—Miguel, mañana no voy a salir. Creo que no saldré durante muchos días. Tengo que ir preparándome para el ingreso en la Escuela de Secretarias.

Me la quedé mirando a los ojos. Si hubiese tenido cinco años más, aquella mirada le habría dado miedo. Pero en aquel momento sólo le produjo fastidio y exclamó:

—No me mires así, ni que hubieras visto a un fantasma.

No le contesté que sí, pero lo había visto, porque desde ese momento ella era un fantasma, alguien que había cruzado por mi vida como un sueño y del que me hicieron despertar aquellos soldados cuando dispararon sin previo aviso, sin declaración de guerra, como unos bandidos, aquella tarde de verano, bajo unas moreras incansables.

UNA BIBLIOTECA INEXISTENTE

F ue octubre quien se encargó de matar el virus de la pereza que comenzaba a hacer estragos en mi voluntad. Para nada intervine en la elección del colegio. Mi padre, en los meses que siguieron a nuestra llegada, se encargó de buscar el lugar en el que habría de pasar lo que aún me restaba de Bachillerato. Preocupado más por el gasto que pudiera suponerle que por el tipo de enseñanza impartida, no se esmeró mucho en la elección y optó por una especie de academia, no lejana a casa, y a la que iban a coincidir los muchachos más dispares, indisciplinados y levantiscos. De esa forma vine a dar en un centro que más parecía refugio de repetidores que estímulo del saber, bien distinto de aquel otro que yo conociera en Salamanca, en el que una congregación de hermanos Lasallianos combinaba hábilmente orden y trabajo.

Durante mucho tiempo anduve desconcertado, en parte por la necesaria adaptación al nuevo ámbito, en parte por las exageradas diferencias respecto a lo que hasta entonces habían sido mis costumbres escolares. Aquí no sólo no existía exigencia alguna con respecto al saber, sino que la mayor parte del tiempo lo perdían los profesores en poner orden, recomendar comportamientos, recriminar actitudes, o en expulsar alumnos de clase, los cuales, ante mi asombro, volvían a entrar por la puerta de atrás, agazapados, y permanecían en el aula escondidos entre las mesas o bajo la montonera de abrigos acumulados al fondo, que, de vez en cuando, se removía de forma fantasmagórica como un ser ominoso que repentinamente cobrase vida. Todo, en fin, más propio de un centro para inadaptados que de un colegio.

El director, don Bienvenido, era el alma del colegio. Hombre muy versado en latines eclesiásticos y que atesoraba varias licenciaturas que le servían de heráldica de su linaje intelectual. En realidad, usaba los títulos como blasones externos, enmarcándolos, repetidas veces, tanto en la Dirección como en la Sala de estudios, para persuasión y quebranto de quienes ponían en duda sus méritos. Persona retórica y engreída, no soportaba la oposición y, en cuanto alguien le llevaba la contra, no paraba en mientes hasta achicarlo, bien con amenazas de expulsión o con suspensos. Con los profesores, igualmente, jamás mantenía trato de colega, sino de dueño, y éstos soportaban su autoritarismo más por apego al pan que por respeto.

Le ayudaba en las faenas de dirigir aquel navío la Búfalo, su mujer, pura terquedad, sin la ilustración del marido, y quien continuamente echaba en cara a los empleados profesores las vacaciones tan holgadas que tenían.

En realidad, formaban un matrimonio morganático, ya que ella no poseía licenciatura alguna, aunque creía haberla adquirido por su coyunda y osaba dar algunas clases cuando algún profesor caía enfermo.

El resto de los profesores pasaban casi inadvertidos, hasta el punto de que, a veces, su opinión era violentada en las calificaciones de los alumnos sin el menor respeto. En cuanto podían se largaban de aquel colegio que en el fondo detestaban y en el que estaban sometidos siempre a la decisión de los dómines o a la vigilancia de don Mauricio, su lacayo, que hacía funciones de portero y celador y que se paseaba por el Centro con la falsa autoridad que le otorgaba el ser el correveidile de sus amos.

En cuanto a los alumnos, no parecían tener prisa en acabar sus estudios, la mayoría repetían curso y, en los primeros meses, tuve la impresión de andar en un colegio de niños viejos. Durante varios años fuimos campeones de fútbol de la localidad y siempre últimos en cualquier otro tipo de competición.

Entre sí, los motes eran los únicos nombres reconocidos, lo cual me sorprendió, acostumbrado a mi colegio de Salamanca, donde solíamos llamar a cada compañero por su apellido, que aquí casi todos ignoraban. Mi sorpresa llegó al colmo cuando vi que algún profesor usaba los mismos motes para llamar a los alumnos. Los profesores, a su vez, los heredaban de un año para otro y permanecían grabados en las mesas durante varios cursos.

En aquel ambiente no tardé en convertirme en uno de los alumnos predilectos de los profesores, no sólo por mi silencio y la moderación de mis actos, sino también por las respuestas con que solía contestar a sus preguntas que lucían no tanto por el valor de mis aciertos como por los continuos errores de mis compañeros. Pero como las malas costumbres son tentación pertinaz y la fortaleza de las virtudes es escasa, pronto me dejé guiar por el proverbio que dice: "Donde fueres, haz lo que vieres" y no tardé en asemejarme a la mayoría y ceder el esfuerzo y la honestidad en beneficio de la abulia y la picaresca que por todas partes reinaba. En tan sólo dos meses tiré por la borda lo que me costó años conseguir con rigor y disciplina: me hice impuntual, olvidadizo, mentiroso, charlatán y, por si fuera poco, jugador empedernido de futbolines. Pero si todas las cualidades que hacen a uno merecedor del título de buen estudiante se vieron radicalmente mermadas, hubo una que no sólo permaneció incólume sino que se vio fortuitamente alentada y proseguida: me refiero a la afición por la lectura.

No tardé mucho en descubrir el único y gran tesoro que poseía aquel colegio y que superaba en mucho a cualquier otro donde hubiese estado y donde pudiese estar.

Una mañana me enviaron a buscar tiza. Ésta era una de las encomiendas que más procuraban los alumnos, ya que permitía despistarse durante algunos minutos. Bajé las escaleras y me dirigí a la portería. En aquel momento, don Mauricio no estaba, lo que me obligó a esperar a que volviera. Entonces aproveché para curiosear y me acerqué a un pasillo que flanqueaban varias puertas clausuradas con candados. En una de ellas, la de más al fondo, me pareció que el candado simulaba estar cerrado y, en efecto, cuando lo hice girar saltó su aldabilla y quedó abierto. Desde la garita, don Mauricio no podía verme, y como aún no le veía llegar, accedí a la tentación de curiosear en aquella sala. Franqueé la puerta y pasé a su interior. Entonces me quedé sorprendido: en penumbra y con un halo vetusto y de abandono mis ojos pudieron ver una amplísima Biblioteca de la que no había oído hablar jamás y que, al parecer, nadie utilizaba.

Me acerqué a uno de los portillos entornados y lo abrí para tener más luz. Toda la habitación estaba fuertemente combatida por la humedad, las paredes abofadas y algunas manchas oscuras rezumaban en los techos. Esto parecía haber provocado algunos estragos, ya que las butacas que se hallaban bajo los ventanales estaban completamente apulgaradas.

La habitación era espaciosa y oscura, pues los ventanales esmerilados dejaban entrar sólo una luz turbia y mortecina. Unos majestuosos estantes recubrían las paredes hasta el techo, cerrados por puertas con cristales en tiempos transparentes y ahora en su mayoría empolvados y grasientos. Algunos de estos cristales estaban rotos y la humedad había hecho presa en los libros.

Todo el mueble estaba corrido por una cornisa torneada, en la que se sucedían, a intervalos y en relieve, asombrosas figuras mitológicas. En la parte inferior alternaban cajones y puertas, algunas desvencijadas, con relieves que mostraban las alegorías más diversas. En cuanto a los libros, eran en su mayoría ediciones antiguas, encuadernadas sobriamente, con poca variedad de colores, lo que proporcionaba un aspecto uniforme a todos los anaqueles.

Completaban el mobiliario una serie de mesas independientes, repartidas por la habitación, cada una de ellas con un quinqué sujeto al centro y de los cuales sólo uno comprobé que estaba enchufado y lograba funcionar.

Apenas si pude ver más. Los pasos de don Mauricio, bajando las escaleras, me advirtieron de su llegada. Me apresuré a salir, pero antes tomé un librito que había sobre una mesa y lo escondí bajo mi jersey. Después volví a colocar el candado en la misma posición en que lo había encontrado.

—¿Qué haces tú por ahí? —preguntó don Mauricio desde la escalera al verme.

—Estaba buscándole. Necesitamos tiza.

—Como eres nuevo, aún no lo sabes, pero no debéis andar por ahí, ¿entendido?

UNA MUJER DESNUDA APARECE ENTRE LOS ESTANTES

En cuanto llegué a casa eché una ojeada al libro que había sustraído. Era un ejemplar pequeño, encuadernado en piel, de color verde. En su canto aún permanecían restos del rótulo, ilegibles, y en el que el tiempo y la humedad habían formado una curiosa simetría:

$$D \qquad oe$$
$$R \qquad \quad oe$$

Hube de abrirlo para ver de qué se trataba, pero la primera hoja, tras la cubierta, me detuvo. En ella, como si se tratase de una consigna pirata, aparecía estampado un sello con una calavera sobre un libro y en torno a ésta un lema muy conocido: *Ars longa vita brevis*. En la parte de abajo del emblema también había algunas letras, pero cruzadas por una mancha de humedad que las hacía ilegibles. Aquel dibujo me llamó la atención, pues me hizo recordar otro igual que había visto marcado en la mesa donde por primera vez me sentara al llegar al colegio y que, en repetidas ocasiones, había vuelto a ver en alguna puerta, e incluso pintado en la pizarra.

Tras las primeras páginas apareció resuelta la incógnita de la simetría de aquellas letras:

Daniel Defoe
Robinson Crusoe

Me sonreí al ver ahora la sencillez del enigma y sentí la satisfacción de tener en mis manos aquel librito del que tanto había oído hablar y con el que nunca hasta entonces me había topado. Pasé las hojas y me detuve entusiasmado en el comienzo de un Diario:

30 de septiembre de 1659. Yo, el pobre Robinson Crusoe, habiendo naufragado durante una terrible tempestad sufrida en alta mar, llegué a la playa de esta miserable e infortunada isla, a la que llamé la isla de la Desesperación...

A partir de entonces no pude detener mi lectura y durante dos días seguí apasionadamente la hazaña de aquel inglés; recorrí la isla, me maravillé de su ingenio, agradecí la llegada de Viernes, y vislumbré finalmente el barco con el que habría de volver a Europa. Cuando acabé su lectura, quedé tan impresionado que decidí conservar el libro entre los míos como una conquista.

Al día siguiente, esperé a que todos salieran al recreo y, evitando ser visto, volví a la Biblioteca, con la intención de indagar detenidamente en aquella sala. Durante ese tiempo, don Mauricio permanecía en el patio vigilando a los muchachos, y mirando continuamente su reloj para tocar la campana con la que ponía fin a lo que él llamaba "aquel desmadre".

Recorrí el pasillo y fui hasta la última puerta. Al llegar a ella me pareció oír algunas voces en el interior. Aquello me desconcertó, pues pensaba que, excepto yo, nadie conocía aquel lugar. Sin duda alguien había entrado, pues el candado estaba sujeto sólo a uno de los cáncamos. Sigilosamente, miré a través de la rendija y pude ver a un chico gordo, a quien llamaban Salazar, que estaba repanchigado en una de las butacas con los pies puestos sobre los brazos y leyendo algo que debía de hacerle mucha gracia. En el lado izquierdo se hallaba alguien más, pues oía su voz aunque no podía verle. Esto me decidió a entrar. Al empujar la puerta, el gordo se puso en pie de un salto.

—¿Quién es? —oí que preguntaba el que estaba detrás.

—Es el finolis —dijo Salazar, dándome noticia por primera vez del mote con que parecían conocerme. Entonces me salió al paso el que estaba detrás de la puerta: un chico bajo, con las espaldas muy anchas y la cabeza gorda y al que apenas había visto alguna vez por los pasillos.

—¿Qué haces tú aquí? —preguntó.

—He venido a buscar un libro —contesté sin saber muy bien qué decir.

Los dos se miraron entre sí con cara de sorpresa.

—Está bien, pasa, pero no charles.

¿Con quién iba a charlar, me pregunté, dado que ellos no estaban dispuestos a darme conversación?

—Si quieres algo en particular tendrás que esperar a que llegue el Bibliotecario.

—Ah, pero ¿hay un Bibliotecario? —pregunté sin salir de mi asombro.

—Por supuesto —confirmó el bajito.

Los dos volvieron cada uno a su lectura sin dejar de mirarme. Estaba tan azorado que tomé el primer libro que se me vino a la mano y me fui a sentar en la única mesa que tenía el flexo encendido.

—¿Dónde vas? —me detuvo ahora Salazar.

—A sentarme.

—Ahí no; esa es la mesa del Bibliotecario.

—¿Quién es el…?

—Hemos dicho que no se charla —atajó el bajito, resuelto a no darme conversación.

No insistí y tomé asiento en una de las mesas y me puse el libro ante los ojos, aunque sin perderlos de vista. Por el tono, entendí que no les hacía mucha gracia el verme allí.

No tardó en volver a abrirse la puerta y entonces apareció un muchacho alto y singular, que estaba en mi misma clase y con el que había cruzado algunas palabras en los primeros días. Se llamaba Enrique y poseía un aire tan especial que era fácil distinguirlo entre todos. Siempre llevaba un cascabelito atado al cinturón, con el que llamaba la atención a su paso. Me alegró ver su cara conocida y me sentí más tranquilo cuando se dirigió a mí con cordialidad, aunque con afectación.

—*Monsieur*, ¿usted por aquí? Esperaba que viniera, pero no tan pronto.

—Ha sido por casualidad. Hace unos días…

—Ya lo sabemos. Pero no es momento de charlar.

Volví a callarme sin entender muy bien lo que pasaba. Pero ¿qué era lo que sabían? ¿Acaso la falta del librito que había cogido les había advertido de la entrada de alguien? Pero, aunque así fuese, ¿cómo iban a saber que había sido yo? Los tres se sentaron en la mesa del flexo y hablaron entre ellos. Yo les miraba de reojo. Al poco, Enrique volvió a levantarse y se paseó por los estantes. Hojeó un libro y lo colocó en un lugar distinto. Después se situó a mis espaldas. Oí el tintineo del cascabelito exactamente tras de mí, como si estuviera observando lo que yo leía. Yo no me moví.

—¿Te importa que me siente? —dijo.

—No, claro. Puedes hacerlo.

—¿Qué estás leyendo?

Temí que se fuese a reír de mí al oírlo. ¡Quién me había mandado coger aquel libro! La culpa de mi precipitación la habían tenido aquellos dos que no dejaban de observarme.

—*El sí de las niñas* —dije casi sin que se me oyera.

—¿Cómo dices?

—*¡El sí de las niñas!* —contesté ahora con más vigor.

Salazar y el otro levantaron la mirada con una sonrisa burlona.

—¿Y te interesa eso?

—Pues, sí —dije sin querer reconocer lo contrario.

—Eso es de Moratín, ¿no?

Me quedé sorprendido. Primero porque no se riera y segundo porque supiese quién era el autor del libro.

—Sí, es de Moratín —dije yo, intentando mostrarme interesado.

—Eso es una tontada —continuó—. La mayoría de los escritores del siglo dieciocho son unos cursis. Sobre todo si son españoles. Se creen muy ingeniosos, pero son unos copiones.

Ahora se me agrandaron los ojos. No podía haber imaginado que hubiese nadie allí capaz de decir esas cosas y con tal seguridad. Y, además, ¿de quién eran unos copiones? No me atreví a mostrar mi ignorancia y, recordando lo que solían decir siempre los profesores cuando no sabían explicar algo, contesté:

—Es posible. Pero hay que tener en cuenta la época.

Miró para otro lado como si no me hubiese oído. Pero me di cuenta de que le había hecho mella aquella salida mía, ya que no insistió en su opinión. Sólo me dijo:

—Lo más interesante va estando en aquel estante.

Pensé que usaba mal el verbo.

—¿Va estando?

—Sí, que lo voy poniendo yo allí. Todo lo que leo interesante lo coloco en el estante de la esquina. Bueno, lo que leo yo y algún otro.

—Así desordenarás la Biblioteca —medio le recriminé con ingenuidad.

—¿Cómo que desordeno? —dijo en un tono menos amigable y como ofendido—. ¡Al contrario! Establezco una jerarquía, diferencio lo importante de lo que no lo es, lo bueno de lo malo, lo que vale de lo que no vale, ¿entiendes? Además, por si no lo sabes, hago lo que quiero, para eso soy el Bibliotecario.

Me dejó estupefacto. Conque resultaba que él era el Bibliotecario. Antes de que pudiera replicarle, se levantó y volvió a su mesa. No sé por qué no levanté la voz y dije: "Bueno, pero ¿qué pasa?". Me sentía intimidado. Cuando uno está en corral ajeno más vale no hacerse el gallito. Así que esperé.

Volví a mi libro. Los otros dos no me quitaban ojo, mientras parecían discutir algo. Al cabo de unos minutos y como si obedecieran una orden invisible, Enrique y el bajito se levantaron y se encaminaron a la puerta. Antes de salir, Enrique se volvió hacia mí y me dijo:

—Oye, Miguel, de momento no digas nada de la Biblioteca, ¿vale? En cuanto al libro de Robinson, puedes quedártelo, te lo regalamos.

Hice un gesto como de estar de acuerdo, aunque sin saber muy bien por qué. Además, ¿quiénes eran ellos para regalarme nada? Los dos salieron. El gordo, en cambio, permaneció sentado como si estuviese dispuesto a vigilarme. Varias veces advertí que me observaba de reojo y, aunque me intimidaba, procuré no echarle cuenta. Movido por la curiosidad, me levanté y me acerqué al estante que me había indicado el tal Enrique. Salazar me observaba. Extraje un libro cualquiera y lo entreabrí. Por donde cortó el azar, leí: *Un estremecimiento recorrió la sala. Naná estaba desnuda: desnuda, sí, con una tranquila audacia, segura de la omnipotencia de su carne. Una sencilla gasa la envolvía…* Cerré el libro. Miré su canto. En él se hallaba inscrito: Emile Zola, *Naná*. Desconocía al tal Zola, desconocía la obra. Pero había decidido que ése sería el próximo libro que habría de leer. Cuando levanté la vista, el gordo se había marchado. Volví a mi mesa, tomé *El sí de las niñas* y lo incrusté en el hueco del que lo había extraído. Una nubecilla de polvo se removió al trastear y al instante volvió a sedimentarse. Después, salí y coloqué el candado tal como lo había encontrado el primer día.

Durante los días que siguieron, aprovechaba cualquier rato libre para acudir a la Biblioteca recién descubierta y, aunque tenía absorbida mi atención por aquella novela que acababa de encontrar, sin embargo no me pasaron desapercibidos algunos detalles que se me hacían cada vez más extraños. Por ejemplo, confirmé que los asistentes a aquella Biblioteca siempre eran los mismos; que al marcharse uno, solían marcharse todos; que cuando no acudían a ella desaparecían y no había forma de encontrarlos en todo el colegio, como si la tierra se los hubiese tragado.

No tardaron mis sospechas en obtener alguna respuesta y, un día, al ir a coger del estante el libro que con tanta fruición andaba leyendo, hallé en él un papel doblado en cuatro partes y en cuyo exterior se hallaba inscrito, para mi asombro, aquel sello que ostentaba la calavera sobre el libro y el lema: *Ars longa vita brevis. P. de Zúñiga,* el mismo que poseían todos los libros de aquella Biblioteca.

Deshice sus dobleces y hallé la siguiente nota:

Ha llegado el momento. Alguien te indicará el camino. Estáte atento porque no sabes ni el día ni la hora.

La frase última, con sus resonancias sepulcrales, me produjo una cierta conmoción. Suponía quién me dirigía aquel mensaje. Sin embargo, debía esperar a que la señal llegara. Y eso hice: esperar.

La Porqueriza

Anda, ven. Voy a enseñarte algo —me dijo el gordo Salazar algunos días después.

No me gustó mucho que fuese él quien me guiase y dudé si debía acompañarle o no, pues para entonces ya había oído decir muchas cosas de este personaje del que nunca se sabía de parte de quién estaba.

Salazar era una especie de alcahuete, intrigante, prestamista, confidente; siempre al pairo, intentando recoger los vientos según soplasen. Se dedicaba a hacer favores a todo el mundo, que después cobraba: prestaba dinero, conseguía revistas prohibidas, falsificaba firmas en los boletines, establecía citas… A su tiempo pasaba la factura, unas veces en forma de bocadillo para su insaciable glotonería, otras solicitando ayuda en los exámenes o exigiendo le pasasen la traducción de latín. Pero como en la naturaleza todos los bichos tienen su función, incluso los más detestables, Salazar era un carroñero insustituible. Poseía toda la información del mundo. Adivinaba con antelación preguntas de los exámenes, conocía secretísimas noticias sobre la vida de los profesores, adivinaba adulterios y aseguraba maricconerías y, sobre todo, sabía tal cantidad de chistes capaz de reverdecer el mundo.

A pesar de todas estas noticias, le seguí hacia el patio donde se oían los gritos de los compañeros enredados en sus juegos. Cuando llegamos a una escalera se detuvo. Miró hacia ambos lados. Esperó un segundo a que se perdiese de vista un profesor, y me empujó hacia arriba.

—Sube, date prisa.

—¿Adónde vamos? —pregunté.

—A la Porqueriza.

—¿Qué es eso?

—Ya te enterarás.

—Advirtieron que durante el recreo hay que permanecer en el patio.

—Olvídate. El patio es para los niños. Nosotros tenemos cosas más importantes que hacer.

Aquella afirmación no me gustó. No quería, recién llegado, meterme en líos. Pero tampoco me opuse. Subimos hasta el segundo piso. En uno de los tramos, al cruzarnos con otro profesor que bajaba, aún hubo de simular un dolor de estómago y se abrazó a mí como si yo le sostuviese.

—Le llevo a los servicios —dije.

Al fin llegamos a una portezuela pequeña, de esas que guardan antiguas alacenas. Salazar golpeó tres veces y después repiqueteó con los nudillos. Desde detrás se oyó una voz soterrada.

—¿Quién coño eres?

—Salazar, gilipollas, ¡abre!

—Hemos dicho que no se entra después de las once y diez.

—¡Que abras! ¡Que se oyen pasos!

El de dentro cedió al fin y la portezuela se abrió. Recién llegado, aquel antro parecía la mismísima caverna de Platón, con todos sus prisioneros. Había que aguardar unos segundos para acostumbrarse a la oscuridad y que el olfato no se descompusiese con aquella humareda que impedía respirar.

—¿Qué hace éste aquí? —preguntó el de la puerta.

—Desde luego, no viene a verte a ti. Tiene que hablar con Satur.

Era la primera vez que oía ese nombre y no estaba muy seguro de que quisiera conocerle. En realidad, lo que me apetecía, al ver la humareda del tabaco y el aspecto estrafalario del que nos salía al paso, era salir corriendo de allí. Sin embargo, una extraña inhibición se había apoderado de mí y no me atreví a abrir la boca.

La cuevecilla no remataba tras la puerta, sino que, en contra de todas las apariencias, poseía un corredor estrecho, al fondo del cual se vislumbraba una habitación algo más ancha y luminosa. Salazar me guió hasta ella y sin avisar abrió la puerta y me hizo pasar al interior.

Más que una habitación, parecía un cubil irregular, con las paredes cubiertas por estantes de madera en los que se amontonaban, en desorden, una variedad de trastos y cajas de cartón atadas con cuerdas. En una de las paredes, esquinada y cercana al techo, había una claraboya, a la que se encaramó inmediatamente, aupándose entre los estantes, el muchacho que nos salió a la puerta. El centro de la habitación lo ocupaba una mesa y a ella estaban sentados Enrique y el chico bajito de la cabeza gorda que, a juzgar por la mención de Salazar al entrar, debía ser el tal Satur. Nada más verme, Enrique esbozó una sonrisa, como quien se muestra tras dejar caer una máscara. El otro permaneció de espaldas. La presencia de aquellos dos chicos me tranquilizó. En parte, porque ya les conocía y, en parte, porque me parecían pertenecer a la clase de muchachos de los que me gustaba ser amigo.

—Está bien, Salazar —dijo el tal Satur—. ¿Le has puesto al corriente de todo?

—Aún no le he dicho nada. Prefiero que lo hagas tú.

Satur se me quedó mirando a los ojos. Sin desviarlos, exclamó:

—¡Telescopio!

Al oírlo creí que me insultaba, pero, antes de que pudiese replicarle, el que estaba encaramado a la claraboya contestó:

—Todo bien. La Bestia aún no ha mirado el reloj.

Me percaté entonces de que a la voz de ¡telescopio! el que estaba asomado al ventanuco daba noticias de cómo transcurrían las cosas en el patio.

—Bien —continuó—, ¿sabrás dónde te metes?

—Supongo —dije sin precisar, fascinado e intimidado a la vez por el lugar y el secretismo con que se trataba todo.

Entonces habló Enrique:

—Yo he sido quien he propuesto tu entrada, espero que no me decepciones.

Me sentí emocionado por aquella inesperada deferencia de quien yo consideraba el más interesante de la clase.

—Está bien, pero decidme de una vez por todas qué pretendéis.

—No te impacientes, eso no es propio de sabios —dijo el tal Satur—. ¿No has leído a Séneca?

—No, no he leído a Séneca —contesté molesto por la actitud de superioridad que siempre mostraba.

—Pues te convendría. Comprenderías entonces que las cosas sólo llegan cuando tienen que llegar.

Los otros que estaban en la sala asentían a las palabras de Satur, pero más con guasa que con anuencia, según me parecía por el gesto con que me miraban. Pensé que se reían de mí.

—Dejaros de cachondeo y decidme de una vez qué hacéis.

—Está bien —dijo Enrique, que tomó la palabra—. Nosotros somos los "Pezuñiguistas". Seguidores de P. Zúñiga. Nuestra meta es la sabiduría, pero nos sabemos ignorantes, al igual que Sócrates y que todos los animales que poseen pezuña. Por eso, la pezuña es nuestro emblema. Indica humildad y aspiración —y dibujó con un trazo decidido el mismo anagrama que había visto inscrito en varias mesas y que resultó ser una pezuña y no una uve doble, como en principio creí...

Lo de humildad podía entenderse, pero lo de aspiración no parecía tener mucha relación con esa peculiar forma de poseer el pie.

—¿Y el sello que aparecía en la nota? ¿De dónde lo habéis sacado?

—Nos pertenece y basta. Sólo lo utilizamos en contadas ocasiones, para asuntos importantes y decisivos.

—¿Y quién es el tal P. Zúñiga?

—Su nombre, por respeto, no nos atrevemos a nombrarlo —contestó Enrique, como si él fuese el encargado de dar respuesta a los asuntos doctrinales—. Ni siquiera sabemos si esa P corresponde a Pedro, a Pablo o a Pantaleón.

—¿Y por qué a esos tres y no a Patricio o a cualquier otro?

—Ésas son las tres únicas interpretaciones permitidas. O se es Pedrista, o se es Paulino o Pantaleonés. Está decidido en un concilio y ninguna interpretación distinta será aceptada hasta que volvamos a reunirnos.

—¡Estáis locos! —repliqué, casi riéndome.

—¡Cuidado con lo que dices! —me recriminó Salazar, que me echó una de esas miradas ambiguas, acompañada de su sonrisa dulzona y molesta.

—¿Y hay mucha diferencia entre unos y otros? —pregunté con sorna.

—En lo fundamental, no; por eso son permitidas. La diferencia estriba en que los Pedristas afirman el origen noble de Zúñiga, los Paulinos su origen bastardo y los Pantaleoneses consideran que es un fraile.

—Pero...

—¡La Bestia en movimiento! —dijo desde lo alto el que estaba en el ventanuco, cortando mi intervención.

—Dejémoslo por ahora —zanjó Satur—. De momento, sabes suficiente.

—Cinco minutos para el rugido de la Bestia —insistió, sin dejar la lectura de un periódico, el de la claraboya.

—¿Sabrás quién es la Bestia? —preguntó Salazar.

—Imagino que don Mauricio.

—Imaginas bien —terció Satur—; pero ahora ya lo sabes con certeza.

—¿Y te parece tan bestia como a nosotros? —preguntó Enrique.

—Creo que sí —dije sin saber a dónde querían ir a parar.

—Mejor así. Con él harás tu prueba.

—¿Qué prueba?

—Para ser Pezuñiguista tienes que afrontar una prueba: deberás mostrar a la Bestia que existimos y que no le tememos. Tú decidirás cómo y cuándo, y habrás de dejar la marca de la pezuña. Si lo consigues, podrás utilizar el sello y se te hará partícipe de otros importantes secretos. Por ahora, sólo eres un iniciado. Puedes participar, pero no decidir.

—¡La Bestia bajo la campana! —gritó el del ventanuco.

—Vámonos —dijo Satur, levantándose—. Y no lo olvides: no has visto nada, no has oído nada, no sabes nada.

En ese momento, la campana comenzó a agitar su estridente tan-tan. El que estaba en la claraboya dio un salto, dejó el periódico bajo una silla, y se unió a nosotros. Los que aún fumaban, apagaron sus cigarros. Salimos al pasillo que hacía de antesala. Como si todo estuviese cronometrado, Enrique estaba ya con la puerta entreabierta mirando a través de las rendijas. Salazar me cogió el brazo y me dijo:

—Tú te vienes conmigo. Cuando yo te lo diga.

Durante unos segundos, permanecimos en la penumbra mientras iban saliendo uno a uno sigilosamente. Salazar estaba muy cerca y al hablar me echaba el aliento con olor a chorizo del último bocadillo que se había engullido.

—¿Qué? ¿Te ha gustado la reunión? —me preguntó.

Le contesté que sí. El que no me gustaba era él. No sabía por qué, pero había algo extraño en Salazar que me desagradaba. Como si no se portara con claridad y ocultase alguna carta.

—Vamos, ahora nosotros —me dijo, y, tirándome del brazo, me hizo salir.

La luz del exterior me deslumbró. Al fondo de las escaleras se oía ya el griterío de los que subían. Nos detuvimos en un rellano y al pasar un grupo bullicioso, que discutía las incidencias del juego, nos unimos a él y nos mezclamos entre la gente. A medida que subía, pensaba: ¿quiénes son de verdad esta gente?, ¿qué pretenden? ¡Pezuñiguistas!

EL MANICOMIO

Pronto comprendí que el traslado a Sevilla no había sido algo decidido voluntariamente por mis padres, sino un recurso para salir adelante. Aunque ante mí evitaban hablar de ello, yo, uniendo un cabo tras otro, había llegado a la conclusión de que a mi padre le habían cesado en su trabajo, y que, aunque se decía que temporalmente, no se veía muy claro cuándo llegaría el momento en que pudiese volver a subir a su máquina. Las causas, hasta hoy, se me han ocultado.

Mi padre era ferroviario. De todos los objetos que había en la casa sólo uno permanecía en el mismo lugar, a pesar de todos los cambios que las habitaciones iban sufriendo. Era una fotografía grande, enmarcada, de una máquina de tren en la que se veía a mi padre en la portezuela, serio, fingido, con un pañuelo a cuadros en el cuello y la mirada puesta en el infinito. Esa fotografía ocupó siempre un lugar preeminente en la casa, sobre la radio, el otro punto de atención familiar. Por más que mi madre procuró extraviarla durante el traslado, mi padre se ocupó de que ello no ocurriera y, tan pronto como la nueva casa estuvo ordenada, le faltó tiempo para colocarla en el centro del comedor. Al anochecer, después de cenar, y con el noticiero de la radio de fondo, se sentaba en su sillón, frente a la fotografía, y se fumaba un cigarro, dejándose ir entre el humo y la dirección imprecisa que marcaba aquella locomotora no sabíamos hacia dónde. Entonces le entraba una gran melancolía.

Para alguien como él, que había soñado durante toda su vida con conducir una máquina de tren, nada podía hacerle más daño que apartarlo de la misma. A partir de entonces se le nubló la mirada y por más que mi madre intentaba animarle y decirle que tuviese esperanza, que aquello no podía durar toda la vida, él parecía desesperar cada día un poco más y lo mostraba con un silencio indescifrable.

A veces desaparecía y mi madre me mandaba ir a buscarlo a un lugar que llamaban la Barqueta, muy cerca de casa. Allí, junto al río, pasaban las vías del tren y había una cantina pequeña donde se reunían algunos botarates con los que charlaba, mientras miraba su reloj esperando ver venir los trenes que habían salido de la Estación de Córdoba. Cuando los veía llegar, aún sin velocidad, cortaba la conversación y se acercaba a las vías, desde donde saludaba a los maquinistas que ya sabían que estaba esperándoles. Algunos detenían un poco la marcha y le preguntaban:

—¿Qué, Miguel, te admiten o no?

Mi padre hacía un gesto de resignación con la cabeza, y les agradecía la palabra. Otros, en cambio, volvían la cara y ni se atrevían a mirarle. Él persistía allí, por más que mi madre le había dicho cien veces que no era de hombres aceptar tanta humillación. ¡Que les parta un rayo a los de la Renfe! Pero el tren era su vida y no se apartaba de la vía hasta que el último vagón se perdía en el horizonte. Entonces se volvía a la cantina, sin reparar en mí, que permanecía tras él sin entender por qué se ponía tan triste al ver pasar los trenes. Allí debían saber que traía el humor agriado, porque ya nadie se atrevía a dirigirle la palabra y el cantinero le servía una copa de vino bien llena, que él bebía casi de un trago. Después me agarraba de la mano y, casi haciéndome daño, tiraba de mí por la Resolana hasta casa, sin parar, con los ojos húmedos, como si fuera a romper en un llanto. Cuando llegábamos, ya andaba chispado y mi madre le recriminaba y le decía:

—Cualquier día te pisan y no abres el pico.

Yo me quitaba de en medio y me iba a otro cuarto a hacer mis deberes porque no quería verlo así, con los codos clavados en la mesa y la cabeza entre las manos, como si temiese perderla el día menos pensado.

En Sevilla comenzó a trabajar en el manicomio. Así dicho suena mal, y en más de una ocasión hube de especificarlo para que mis amigos no se riesen de mí. Trabajaba de mantenedor de las instalaciones y, dada su habilidad para todo tipo de trabajo manual, lo mismo arreglaba tuberías que soldaba camas desvencijadas, ponía rejas en las ventanas, restauraba mesas o pintaba paredes. Todo eso rodeado siempre, según decía, de locos que andaban sueltos y que se acercaban para verle trabajar. La presencia de aquellos enfermos apenas si podía soportarla, dada su propensión a apiadarse desmedidamente de los demás, y llegaba a casa siempre desalentado.

—No vuelvo más —solía decir cada tarde—. Eso es un infierno. El que no se da chocazos contra la pared se los da contra los árboles.

—Y ¿qué crees, que estarían mejor sueltos? —le decía mi madre, intentando evitar el desánimo.

Ya en aquella época hacía esas filigranas de alambre que después colgaba por toda la casa. Se entraba en la cocina al atardecer, después de volver del trabajo; preparaba sus herramientas y los alambres, calentaba el estaño para las soldaduras, liaba varios cigarros que depositaba en un extremo de la mesa, y en el otro extremo colocaba la botella de vino, que siempre le había conocido, forrada de cuerdas trenzadas y con dos cañitas en el tapón para beber al chorro.

Sin decir palabra, inundando la cocina de humo, pasaba las horas muertas manipulando sus alambres, torciendo y retorciéndolos de un lado para otro, soldando sus extremos con la gotita de estaño temblando en la punta del cautín, así hasta dejar sobre la mesa un pez, una araña, o cualquier otra figura de su bestiario personal. Después las miraba atentamente, satisfecho de su trabajo y, al día siguiente, las policromaba con delicado esmero y no excesivo buen gusto.

En aquel tiempo aún le acompañaba, los sábados, en mi bicicleta hasta Miraflores. Así llaman aquí al manicomio. Me gustaba ir allí, pues muy cerca de sus dependencias un riachuelo se ensanchaba, tomaba cuerpo, y formaba una pequeña laguna conocida como el Charco Redondo. Allí la vegetación se hacía extraordinariamente frondosa, con una arboleda espesa y muy alta y un griterío de pájaros que me hacía imaginar una pequeña jungla.

Mientras mi padre atendía a sus menesteres, yo exploraba aquella zona y cazaba ranas para Satur, que poseía un extraño interés por la disección animal.

Mi padre me dejaba justo en la vereda que daba a aquel lugar y a la vuelta pasaba a recogerme. Me había prohibido acercarme al manicomio por las cosas tan desagradables que, según él, se veían; y me tenía dicho que le esperase en la venta que había junto a la carretera, con el hijo de cuyo dueño había hecho yo bastante amistad, dado que carecía de amigos por los alrededores. Este muchacho se llamaba Manolo. En realidad era menor que yo, pero en cambio parecía aventajarme en todo lo que no se debiera al estudio. De muy pequeño había asistido a un colegio parroquial ambulante, casi misional, mas había sido tan inconstante que apenas si sabía leer y desconocía cualquier cosa que no se aprendiese en el trato diario con los hombres. Ese trato, sin embargo, le proporcionaba oscuros conocimientos procedentes de conversaciones oídas tras la barra, o sentado junto a las mesas donde los que charlaban, borrachos ya al atardecer, no se percataban de su presencia.

Cada sábado se establecía entre nosotros una deseada simbiosis. A mí me encantaba oírle contar aquellas historias aprendidas al olor herrumbroso del alcohol; sobre todo aquellas más vulgares cruzadas por el sexo y la violencia. Era de mi predilección la de una joven apuñalada al amanecer por un amante rechazado, cuando salía de su casa para trabajar. Esta historia se la hacía repetir todos los sábados y no podía evitar un regusto al ver que siempre la contaba igual, con las mismas palabras, recayendo una y otra vez en el detalle de la tostada con manteca *colorá* que ella llevaba en la mano cuando fue asaltada por el asesino y que no soltó de entre sus dedos por más que una y otra vez le apuñalara el pecho. Con ese trozo de pan en la mano permaneció tendida en el suelo, y cuando alguien le echó una manta por encima, para evitar el horror, aún quedó fuera la mano ostentando el pan con manteca como un signo de lo absurdo.

Por su parte, a él le divertía oírme contar historias del colegio, como si al escucharlas renaciera en él la infancia que aún alentaba. Le divertían nuestras travesuras, la banda de los pezuñas, como él nos llamaba, los juegos del recreo. Para él, el colegio era algo así como un ring donde combatían cada día alumnos y profesores y en el que había que vencer a estos últimos, que le parecían personajes ridículos y sabiondos. Cuando esto pasaba, se reía y en su risa, en la que aparecían siempre dos dientes podridos, se le veía su verdadera edad, esa que la risa desvela a pesar de todas las costras que la vida nos impone.

Manolo tenía la cara que le había forjado su posición tras el mostrador de la venta. Desde él se asomaba diariamente sin encontrar jamás la cara de otro niño, sino esas otras de los adultos, mucho más feas y agrietadas, con las bocas llenas de humo y que sólo le miraban para decir: "Niño, llena aquí". En parte yo era el único espejo en el que podía reflejarse.

Uno de aquellos sábados, Manolo me esperaba con singular impaciencia. Me dijo que había descubierto un lugar para entrar en el manicomio sin ser visto y que podía guiarme hasta la despensa donde guardaban muchas cosas que a buen seguro nos gustarían. Aunque mi padre me había advertido una y otra vez que no me acercara al manicomio, la manera en que Manolo me propuso aquella visita me sedujo y, sin dudarlo, acepté acompañarle.

Entramos por la parte trasera, donde se hallaba la huerta, saltando un muro cuyos ladrillos descarnados permitían colocar los pies a modo de peldaños. Cruzamos el huerto, agazapados, esquivando las acequias y, tras rodear un pasillo, alcanzamos una habitación con enormes puertas verdes. Sin pensarlo dos veces, Manolo giró el picaporte y entró. Tras él pasé yo. Unos estantes colocados en las paredes ostentaban gran cantidad de víveres almacenados. Manolo se fue directamente hacia las latas de leche condensada, que debían de ser su alimento preferido, a juzgar por el aspecto de sus dientes. Yo, sin saber qué hacer, comencé a meterme todo lo que veía en los bolsillos, francamente intimidado.

En esa faena nos hallábamos cuando se abrió la puerta, y en el centro, como si fuera el mismísimo Frankenstein, apareció un hombre gigantesco, con la cabeza rapada y los ojos desencajados. La boca la mantenía medio abierta y los brazos extendidos como si no fuera a dejarnos salir nunca.

—¡Ostras, un loco! —oí que decía Manolo.

Yo nunca había visto a alguien de ese tipo y pensé que iba a destrozarnos. Al vernos, el intruso comenzó a dar gritos, diciendo:

—¡Ladones, datedos, ladones! —así, sin pronunciar la erre y agitando los brazos como si fuera a echarnos mano.

Yo me sentí morir, pero Manolo, como un torero que se crece ante la fiera, dio un salto y, situándose frente a él, le lanzó una de las latas de leche a la cabeza, a la vez que le increpaba:

—¡Mamón, quítate de ahí!

La primera lata cayó al suelo sin lograr su objetivo, pero la segunda, lanzada aún con más fuerza, fue a darle en toda la cara, haciendo que el loco cayera al suelo cubriéndose el rostro con las manos, profiriendo un grito de dolor.

Al ver la brutalidad de Manolo, me eché a temblar pero, al observar que éste saltaba por encima del loco y salía fuera, instintivamente, y sin controlar ya mis actos, salté tras él. El loco comenzó a gritar más fuerte aún y Manolo, delante de mí, corría como jamás había visto yo correr a nadie. Cuando me di cuenta, ya había cruzado el huerto y Manolo me esperaba encaramado en la tapia, alargándome la mano con la que me impulsó a salir. Después corrimos y nos alejamos de allí, hasta escondernos en la manigua del Charco Redondo.

Cuando pasó mi padre a recogerme, ninguno de los dos dijimos nada, aunque, por la manera en que nos miró, presentí que ya sabía algo. Al tomar las bicicletas, me esperó un segundo a que llegase a su altura y, entonces, me dijo:

—No vuelves a venir conmigo. ¿Entendido?

Por el camino hasta casa marché todo el tiempo detrás, abochornado, sin querer ponerme junto a él. El silbido del aire en los oídos y el chirrido monótono de los pedales me hicieron pensar en Manolo. Sabía, por la rotundidad con que mi padre me lo había advertido, que no volvería a verle y que de esa manera quedaría como un cuajarón en mi memoria. ¡Lástima! Ahora que habíamos logrado hablar, después de tanto esfuerzo como tuvimos que hacer al principio, cuando sólo nos atrevíamos a mirarnos como dos bichos raros.

Pensaba que si algún día volvía a verle, el tiempo nos devolvería a nuestro primer encuentro, aquel en que nuestros ojos midieron con sorpresa las distancias que nos separaban y que si entonces no eran más que la que había entre mi tupé y su cabeza rapada, salpicada de mataduras, ahora se habrían agigantado definitivamente.

LA BESTIA

Don Mauricio, la Bestia, tenía la cabeza cuadrada y el morrillo sobresaliente. Torpe como bodoque, sólo sabía que las órdenes están para cumplirse, y que quien las salta debe ser castigado sin benevolencia. Procedente del insigne cuerpo de guardias civiles, había caído allí, ya jubilado, como celador, ordenanza, verdugo y recadero. Confundía el castigo con el arresto y los profesores no le tenían en buena estima, no sólo porque veían en él a un confidente del Director, sino porque desaprobaban sus métodos de vigilancia, irrumpiendo en las clases sin pedir permiso, o la manera en que solía castigar las travesuras de los alumnos. Como se sabía sin autoridad ante los profesores, se reconcomía por dentro cuando alguno de éstos le afeaba su celo, y se retiraba a su guarida mascullando como un Igor, esperando que su dueño, el Director, le devolviese los poderes que le tenía atribuidos.

Don Mauricio, la Bestia, era zambo, por más señas, y, en ocasiones, con más lujo, era llamado la Bestia zamba o el Mamón a secas. Fuere como fuese, la Bestia era su apodo más notable y el que más prestigio tenía entre los alumnos.

46

Salazar contaba de él que su mayor desgracia había sido no poder desfilar nunca con el cuerpo de la Benemérita, pues el arqueo de sus piernas le afeaban el paso y hacía creer a los espectadores que se trataba de un gorila disfrazado, de la misma manera que la legión acostumbra desfilar con su cabra. Pero vete tú a saber, viniendo de quien venía, si aquella historia era cierta. Los chismorreos que corrían sobre su crueldad no tardaron en confirmarse ante mis propios ojos. Cierto día, dos chiquillos se peleaban por una pelota. La Bestia, al verlos, se acercó, agarró del brazo al que más cerca tenía y le arreó tal bofetada que le rompió el labio. Al verse correr la sangre por la barbilla, el chiquillo se enfureció de tal manera que se agarró a sus piernas y comenzó a darle mordiscos donde podía. La Bestia lo cogió por los pelos y con la cara desencajada, viendo que el mequetrefe no le soltaba, dio un rugido, como una fiera, y de un mojicón lo apartó de sí y lo dejó caer contra el suelo. Los demás nos quedamos atónitos, esperando ver cómo lo pateaba, pero la Bestia dio media vuelta y bajó sin más explicaciones a la Dirección.

Se armó un revuelo en torno al pequeño que lloraba de rabia, desconsolado, golpeando el suelo con los puños. Al poco, apareció don Bienvenido, el Director y, tras él, la Bestia, cojeando visiblemente con más cuento que lesión. Nada más llegar al lugar del incidente se abrió un pasillo. El Director avanzó por él, seguido de la Bestia, hasta donde el chiquillo permanecía tendido en el suelo. Al verlo, le ordenó que se pusiese en pie. El chiquillo lo hizo y señaló su labio roto que aún sangraba. Don Bienvenido, entonces, preguntó:

—¿Quién ha sido el animal que te ha hecho eso?

El muchacho lleno de ira y satisfacción levantó la mano y señaló a la Bestia. Éste, entonces, ante el asombro de todos, murmuró:

—Ya se lo dije, señor Director, se encubren los unos a los otros; y para ello son capaces de acusar al mismísimo san Francisco.

El Director le cogió de la oreja y volvió a insistir:

—No me vengas con mentiras, Domínguez. ¿Con quién te peleabas?

Domínguez, aturdido, señaló a su contrincante. El Director, con un gesto, le ordenó que se acercase.

—Estarás contento, Paulino, con lo que has hecho, ¿no? La próxima vez le sacarás un ojo, ¿no? o le arrancarás una oreja, ¿no?

El muchacho nos miraba a todos suplicando que alguien dijese la verdad, pero nadie se atrevía a abrir la boca.

—Son como animales, señor Director —murmuró la Bestia—, son como animales.

—Está bien —dijo el Director—. Tú te vienes conmigo —y tomó al muchacho de la mano—. Van a conocer tus padres tus aficiones al boxeo. Y para los demás, se acabó el recreo durante tres días. Don Mauricio, encárguese de que se cumpla la orden.

Don Mauricio estuvo a punto de llevarse la mano a la cabeza y cuadrarse ante el Director, agitado el nervio de sus antiguas costumbres militares, pero se sostuvo y tan sólo asintió con la cabeza como un guardián fiel. Cuando el Director se marchó, a don Mauricio, la Bestia, le hervían los ojos. Se quedó mirando al pequeño y le increpó:

—Límpiate la boca, so cómico. Y ahora vete y toca la campana.

El muchacho fue hacia ella cabizbajo y confundido, golpeando la puntera de sus pies con el suelo. Tomó la cuerda y agitó el badajo.

—¡Con más brío, Domínguez, con más brío! —volvió a hostigarle.

Los demás fuimos abandonando el coro que en torno al lugar del suceso se había ido formando y ocupamos las posiciones que nos correspondían. La Bestia se paseó por las filas con el cogote enrojecido y mirando desafiante a los que aún le mantenían la mirada.

En la formación Satur se había colocado tras de mí. Se me acercó por detrás y me dijo al oído:

—¿Has visto? ¿Te das cuenta cómo es el mamón?

—¡Cállate! —le dije yo, temiendo que nos oyese hablar.

Los más pequeños, a un gesto de su mano, comenzaron a desfilar escaleras abajo.

—Esta vez te toca a ti, Miguel —volvió a decir Satur—. Te estamos esperando.

—Que te calles.

Volví la cabeza y entre la fila, al fondo, vi a Enrique mirándome, agrupando los dedos de la mano como solían hacerlo cuando indicaban la pezuña; y aprovechando que don Mauricio había vuelto la espalda, gritó:

—¡Abajo la Bestia!

A lo que inmediatamente tres o cuatro voces desperdigadas, entre ellas la de Satur, que estaba tras de mí, respondieron:

—¡Abajo!

Yo apreté los puños, sujetándome a mí mismo, porque el miedo me iba a hacer caer.

LA PRUEBA

Durante varios días no hubo forma de que pudiéramos volver a reunirnos. En las horas del recreo permanecíamos en nuestras aulas, sin poder hablar, con las cabezas fijas sobre el libro y el rabillo del ojo atento a los paseos de don Mauricio, la Bestia, que iba y venía de un lado para otro vigilando nuestros movimientos y amenazándonos cada vez que aparecía por la puerta:

—¡Como vea a alguno con la cabeza levantada del libro, le juro que se pasa el año sin salir al recreo!

En aquella situación sólo a Salazar le estaba permitido salir de clase e ir de un lado para otro. Tenía venia para pasear por el colegio, cuidar del orden en las clases de los pequeños, ir a los retretes cuando lo deseaba... Aquella liberalidad con que todos trataban a Salazar, exculpándole siempre de cualquier participación en los sucesos, me producía una desagradable sensación. No entendía bien cómo podía congraciarse con unos y con otros, cómo los profesores elogiaban siempre su comportamiento sin que dejase a la vez de participar en cuantos desaguisados se organizaban.

—O se está con unos o se está con otros —solía decir yo. Sin embargo, Salazar jugaba siempre a dos barajas, nadaba como el que más y guardaba la ropa siempre sin la menor mojadura.

En una ocasión le confesé a Enrique mi perplejidad, pero éste se echó a reír y me dijo que no me preocupara, que un buen espía debía ser así. Insistí en que no me gustaba y le advertí que el espionaje y el contraespionaje están siempre a un paso el uno del otro.

—Me parece que tú no has leído más que novelas policíacas —me contestó.

—Tú, en cambio, no ves más allá de tus poemas.

—Olvídate.

Pero no podía olvidarme. No me gustaban sus artimañas, ni su forma de mirarme, con los ojos vidriosos y aquella sonrisa floja, sin carácter, puesta en su boca como un comodín para todas las situaciones.

Durante los días que duró el castigo, no me ocupé de otra cosa que de trazar el plan de ataque contra la Bestia. Después de la bofetada que le dio a aquel zagal, mi decisión estaba tomada: me uniría a los Pezuñiguistas aunque sólo fuera para combatir a aquella fiera desalmada. Odiaba la violencia, pero confiaba en que fuera verdad lo que Enrique me repetía:

—¿Tú has visto razonar a algún animal? La irracionalidad no entiende de razones, *monsieur*. Es un viejo adagio.

Sería todo lo viejo que él quisiese, pero no me convencía.

La verdad, me daba mucho miedo enfrentarme a aquel monstruo. Enrique y Satur me habían contado lo que a ellos les había tocado hacer en su momento: el uno le robó la libreta donde apuntaba a los que había que castigar, y Satur dejó caer sobre él una bolsa llena de agua. Pero tal vez lo decían para animarme.

Días después, cuando pudimos volver a reunirnos en la Porqueriza, todo estaba decidido.

Les comuniqué mi plan. Enrique se divertía oyéndome contar los pormenores, con esa sonrisa abierta propia de quien imagina de antemano el desastre de los hechos; Satur permanecía en silencio y, de vez en cuando, fruncía el ceño sin acabar de verlo claro; y Salazar, más que animarme me azuzaba, como quien agita el cogote de un perro para incitarle a la pelea. La actitud de este último me disgustaba. En su aplauso veía que sólo le interesaba el morbo de la situación, sin importarle quién pudiera caer en ella, ni el bien ni el mal que llevan anejos todos los hechos.

—Tú le has cogido manía —me decía Enrique.

Sea como fuese, estaba decidido a no echarme para atrás.

—Mañana seré un Pezuñiguista —dije con cierta bravuconería no exenta de temor.

Sólo Satur, al salir de la Porqueriza y cuando ya estábamos a solas, me dijo:

—Si quieres, déjalo, Miguel. Te arriesgas demasiado. Con que le arrugues el sombrero ya es bastante.

No pude evitar acordarme, al oír sus palabras, del Buen Ladrón y aunque no fui capaz de decirle "Mañana, Satur, estarás conmigo en el Paraíso", lo pensé. En cambio, Salazar, ¡así se pudriera!

El plan era sencillo. Tras la puerta que daba a las azoteas habían colocado una cuerda gruesa, con nudos, para hacer ejercicios de gimnasia. Solíamos ir allí en los días de lluvia, cuando no se podía salir a los patios, y uno tras otro ascendíamos, con más o menos fortuna, por aquella maroma, ejercitando los músculos de nuestros brazos y ganándonos así la nota de la asignatura.

Pues bien, tomé la cuerda por el extremo que colgaba, por donde los nudos adquirían su mayor grosor, y la subí conmigo hasta el primer rellano de la escalera. Soltada desde allí iba a estrellarse contra la puerta que daba a la sala de estudios y después quedaba balanceándose como un péndulo.

Una vez en el rellano de la escalera, con el extremo sujeto, comencé a llamar a la Bestia. Primero sin fuerzas, acogotado por el miedo:

—Bestiaaa.

Después, casi gritando, más asustado aún, pero ya firmemente decidido a poner fin a aquello:

—¡Bestiaaa! ¡Bestiaaa! ¡Ven aquí, Bestia!

Mis compañeros probablemente ya oirían mis gritos al otro lado de la puerta. La Bestia, a su vez, habría percibido el rumor de mis voces y comenzaría a removerse en su mesa de vigilante. Por un momento, sentí que todo el pecho me palpitaba como si me golpeasen desde dentro. Las piernas se me aflojaron y me sostenía con una mano agarrado a la baranda y con la otra sujetando el extremo de la cuerda que en su momento habría de soltar. Estuve a punto de dejarlo todo y marcharme, pero volví a gritar, sin control ya:

—¡Bestia, Bestia maldita! ¡Ven aquí!

Tras mi voz, el silencio me permitió oír el arrastrarse de la silla y los pasos apresurados de la Bestia que se acercaban como un desfile de verdugos. Antes de que volviera a gritar, la puerta se abrió violentamente y yo, escondido en el rellano, intenté soltar la cuerda para que la ley del péndulo cumpliese su cometido, pero me di cuenta de que mi mano agarrotada no respondía a mis impulsos. La voz de la Bestia se dejó oír en el umbral:

—¿Quién anda ahí? ¡Sal ahora mismo, seas quien seas, y ven aquí!

En ese momento, y del susto de su voz, mis dedos se destensaron y, por fin, la cuerda cayó rasgando el aire como un rayo. A partir de entonces ya no oí ni vi nada, pues eché a correr con todas mis fuerzas para arriba y salí por la azotea hasta llegar a la escalera que comunicaba con el otro ala del colegio. Bajé por ella, saltando los escalones de dos en dos hasta lograr el primer piso y corrí por los pasillos, procurando detenerme de vez en cuando para no infundir sospechas. Crucé el

53

corredor que daba a las aulas de abajo y ahora ya despacio, simulando una tranquilidad que no poseía, me encaminé hacia la Biblioteca.

En efecto, como habíamos convenido, allí me esperaban Satur y Enrique, quienes me abrazaron al entrar y me aconsejaron que me sentara inmediatamente y me pusiera a leer cualquier cosa. Yo me senté y tomé el primer libro que vi y lo coloqué ante mis ojos. Por más que quería no podía evitar que me temblasen las piernas. Se oyó la campana que anunciaba la salida al recreo. En esto, Telescopio apareció por la puerta.

—¡Has fallado, Miguel! —dijo, sin aliento—. ¡Has fallado!

Yo no levanté la cabeza y seguí repitiendo como un autómata los primeros versos de la página por la que azarosamente había abierto aquel libro.

Enrique se acercó a Telescopio.

—Venga, cuenta, ¿qué ha pasado?

—¡La que se ha armado! —contestó Telescopio, sacudiendo la mano.

—Pero, ¿no has dicho que falló?

—Sí, esquivó la cuerda cuando venía hacia él, pero al volver le rozó la oreja y le ha reventado los sabañones. Está hecho una fiera.

Yo me enteraba de todo, pero seguía con la cabeza agachada repitiendo los mismos versos como un autómata.

—¡Vamos, Miguel, ya podemos subir!

Enrique me agarró del brazo y me acompañó todo el trayecto, casi sujetándome para que no desfalleciera.

Al llegar al primer piso había un enorme revuelo; algunos muchachos andaban por allí curioseando. En un rincón, la Bestia, rodeado por unos cuantos profesores y tapándose la oreja con un pañuelo, se quejaba:

—¡Señor Director, han querido matarme! ¡Se lo juro, han querido matarme!

—Cálmese, don Mauricio —oí la voz del Director—, cálmese. Más bien parece un accidente.

—¿Un accidente? ¡A postas, señor Director, a postas!

Al pasar, casi sin detenernos, mis ojos se cruzaron con los de Salazar, que se hallaba entre los que formaban el grupo.

—¿Qué hace ése ahí? —le dije a Satur.

—Se informa.

Fue un instante, pero en sus ojos adiviné una mirada maliciosa. Ahora no sonreía, como cuando me animaba a llevar a cabo el atentado, ahora parecía acusarme, parecía decir: "Ten en cuenta que yo sé que has sido tú".

Salimos y cruzamos junto a la cuerda que momentos antes yo lanzara y en la que creí adivinar todas mis huellas dactilares. Sin darme cuenta, y sin saber lo que decía, iba repitiendo una y otra vez, como un autómata, los versos que había estado leyendo:

Estos, Fabio, ¡ay dolor!, que ves ahora
campos de soledad, mustio collado,
fueron un tiempo Itálica famosa.

que quedaron, así, grabados en mi memoria para siempre. Si la suerte me acompañaba, todo estaba cumplido: ¡ya era un Pezuñiguista!

DON CORPUS... DON CORPUS

Pasó lo de la Bestia como un nubarrón tormentoso que tras descargar a diestra y siniestra dejó el páramo baldío, silencioso y sin agitación.

A partir de entonces frecuenté la Porqueriza como uno más de los Pezuñiguistas y asistí a la Biblioteca con gran asiduidad. Pronto me di cuenta de que Enrique y Satur eran los verdaderos artífices del grupo, las cabezas pensantes de aquel quinteto del que ahora yo también formaba parte. Telescopio, por el contrario, se había acogido al grupo sin otro interés que el de leer las revistas deportivas que Enrique le traía de su casa y por evitar las burlas continuas de las que era objeto por parte de otros compañeros que no dejaban de meterse con su cara granujienta y su aspecto de alfeñique. En la Porqueriza no hacía otra función que la de vigilar a la Bestia y rellenar, mientras tanto, quinielas futbolísticas. Esto último constituía su mayor pasión, por lo que se pasaba semanas enteras haciendo cábalas de cómo acertar los catorce resultados. Además, Satur, que por pudor racionalista había abandonado todo interés por el fútbol, le prestaba su carnet del Betis que aún mantenía, por lo que Telescopio le estaba infinitamente agradecido.

Por el contrario, Salazar era un chico avieso ante el que me cuidaba de expresar mis opiniones. Mi desconfianza, sin embargo, no era compartida por Enrique, quien consideraba valioso tenerlo de nuestro lado por la cantidad de chismes que sabía y por su capacidad para enterarse de cuanto pensaban los profesores. Satur, al igual que yo, tampoco le tenía simpatía; pero, no obstante, nadie había cuestionado su incorporación al grupo.

De todos ellos, Enrique era quien más me había impresionado desde que hablara con él en la Biblioteca. Era un muchacho desgarbado, hijo de un ayudante de forense, pálido siempre, como si se le hubiese pegado ese color del trato que su padre tenía con los muertos. Sus ojos eran tristes y melancólicos y de todos nosotros era el que siempre sugería interpretaciones más descabelladas a cuantos asuntos proponíamos.

El más bajo era, por el contrario, el que aspiraba a mayores alturas. Su nombre completo era Saturnino y solía decir que procedía directamente de Saturno, aunque le hubiesen adjudicado en el registro civil un padre terrenal. Como el mismo Saturno, era colérico y si no le dábamos la razón se ponía nervioso y arremetía apasionadamente contra su opositor sin darse cuenta de que su actitud era la más opuesta al frío racionalismo del que pretendía hacer gala.

A todas luces yo era el menos inteligente de los tres pero, en compensación, el más entusiasta por el saber. Probablemente porque, al carecer del don natural que los otros poseían, era consciente de que sólo con tenacidad podía llegarles a sus alturas.

Desde que los conociera me había propuesto leer cuanto ellos hubiesen leído y tomarles pronto la delantera. En pocos meses me engullí todos los libros que Enrique había seleccionado en la Biblioteca y comencé a colocar en nuestro estante otros que ellos desconocían. Eso animó las conversaciones en la Porqueriza y les fue dando un sesgo filosófico que antes no tenían. Si Enrique era el paladín de la literatura y Satur defendía por encima de todo una visión científica del mundo, yo fui introduciendo poco a poco una filosofía parda que, cuando menos, incendiaba nuestras discusiones.

La Biblioteca era sin duda el pan y la sal de nuestra organización y de ella sacaba yo mi cotidiano alimento. Una tarde decidí averiguar de qué trataban los libros empolvados que se mantenían más lejos de nuestro alcance en el último de los estantes. Era una ristra de libros grises, sin ningún atractivo exterior. Subido sobre una silla tomé uno de ellos y, al hacerlo, dejé caer sobre mis ojos una oleada de polvo. Enrique, desde abajo, al verme, se mofaba, recitando con voz engolada:

> Del salón en el ángulo oscuro,
> de su dueño tal vez olvidada,
> silenciosa y cubierta de polvo
> veíase el arpa.

Satur, a su vez, sin saberse los versos remedaba el sonsonete:

> Tararã, tararã, tararã,

para finalmente acabar a dúo casi gritando:

> ¡Esperando la mano de nieve
> que sabe arrancarlas!

Sin tomarlos en cuenta, bajé varios tomos y sentándome en la mesa comencé a ojearlos. Pronto descubrí nombres extraños y nunca antes oídos, pero junto a éstos también había otros que al momento reconocimos como los que solía citar don Corpus, el profesor de religión, y que él llamaba en tono elogioso y a veces despectivo, según se acercaran o no a su pensamiento, *filósofos*.

La verdad es que casi todos se me hicieron indigeribles. No entendía nada de lo que decían aquellos señores, como si escribieran en otro idioma distinto del que usábamos la mayoría de las personas. Pero de una u otra manera fui tomando frases de aquí, ideas sueltas de allá, que me hicieron un ecléctico y me permitieron a partir de entonces discutir las opiniones de don Corpus, en la confianza de que los filósofos me respaldaban por detrás.

Don Corpus era un personaje singular. A sus cincuenta y pico de años no había aprendido a hablar con fluidez, ya fuera por la lentitud de sus ideas, que él enmascaraba, o porque encubriera alguna tartamudez congénita. Lo cierto es que era incapaz de decir dos frases seguidas de una vez.

Cuando intentaba explicar algo, retomaba siempre la frase anterior. Decía, por ejemplo, *La Tierra es redonda*, hacía un breve silencio, miraba al espacio, daba algunos pasos y continuaba: *La Tierra es redonda, pero achatada por los polos.* Volvía a callar, adoptaba el aire meditabundo que la ocasión requería, se acercaba a la ventana y, mirando hacia el exterior, avanzaba un poco más en la disgresión: *pero achatada por los polos, aunque imperceptible a la mirada humana.* Así continuaba, tomando el final de una frase como principio de otra, manteniendo nuestra atención de tal manera en vilo, que ya no era el interés por saber lo que nos hacía seguirle, sino la curiosidad por ver adónde iba a parar. Las más de las veces terminábamos decepcionados, porque, encasquillado en alguno de aquellos pensamientos, volvía a dar en el principio, repitiendo de nuevo todas las frases hasta reencontrar el hilo extraviado de la reflexión.

Aquella dificultad suya le hizo merecedor del sobrenombre de *Don Corpus... Don Corpus*, que él creía repetíamos para llamar su atención y no para significar esa torpeza suya en decirlo todo dos veces.

Don Corpus nos explicaba, a trancas y barrancas, una extraña amalgama de asignaturas: Religión, Política y, a los del último curso, Filosofía.

Según Salazar, encargado de sacar los trapos sucios de cada uno, don Corpus, de joven, había sido seminarista, pero nunca acabó carrera alguna, pues aunque esa había sido su intención al abandonar el curato, las urgencias de la vida le habían impedido llevar a buen término su pretensión. A nosotros esto nos lo ocultaba y tanto él como el Director querían darnos gato por liebre haciéndonos creer que había obtenido dos licenciaturas, una en Roma y otra en Madrid. La primera la apoyaban en la extroversión continua de latinajos y la segunda en esa frialdad de las eses, que aquí en Sevilla resultaban atronadoras. Mas, por mucho que lo propagaban, Salazar se encargaba de desmentirlo en cuantas ocasiones se presentaban:

—Es un cura arrepentío.

Uno de los temas que a mí más me apasionaba en sus clases era el de la existencia de Dios. Desde hacía tiempo tenía yo mis dudas sobre dicha existencia y ahora, con las lecturas de aquellos filósofos y las discusiones de la Porqueriza, éstas iban en aumento. Nunca, en realidad, descarté que existiera, pero no soportaba la ingenuidad con que don Corpus pretendía mostrárnosla, barajando argumentos ridículos y estólidos o echando mano, cuando la cosa se ponía fea, del consabido *Vuestra mente es demasiado pequeña…*, *demasiado pequeña para entenderlo.* Y para confirmárnoslo solía repetir frases en latín que ninguno comprendíamos pero que a su parecer zanjaban el tema como un lacre que llevase el sello de la evidencia: *Per visibilia… per visibilia… ad… ad invisibilia,* repetía tartamudeando una y otra vez. En estos casos gustaba mucho de una historieta, creo que relativa a san Agustín, en la que un niño se empeñaba en vaciar el mar, con una concha, en un agujero.

Un día, exasperado por tanta clarividencia como mostraba, no pude contenerme y exclamé:

—¡A Dios lo hemos inventado nosotros!

El resto de mis compañeros enmudeció al oírme, a sabiendas del carácter furibundo de don Corpus cuando se le llevaba la contra. Satur me dio una patada por debajo de la mesa y me alentó:

—Anda, sigue, a ver a dónde vamos a parar.

Don Corpus se quedó inmóvil, con el ceño fruncido, auscultando de dónde había procedido la voz. Se puso una mano en la oreja y dijo con falsa comicidad:

—¿He oído algo? ¿He oído algo?

Sentí pudor de contestar, pero ya no podía echarme atrás.

—Sí, que a Dios lo hemos inventado nosotros —repetí de nuevo.

—Ah, ¿eres tú, Sánchez, quien hablas? ¿Y quiénes sois "nosotros", si puede saberse? ¿Una secta? ¿Un grupo de teólogos? —preguntó ahora con declarada ironía.

—Los hombres —dije—. Los hombres, para explicarnos el origen del mundo y todo cuanto desconocemos.

—En ese caso, ¿no le importará a usted hacer un trabajito para mañana y explicarnos detenidamente la cuestión?

—No sé si lo podré explicar —contesté, intentando zafarme de la tarea.

—¡Ah! —exclamó con falsa sorpresa don Corpus—. No sabe usted si lo podrá..., si lo podrá explicar, pero se atreve a afirmarlo.

Hice un gesto de disculpa, viendo que cada vez se ponía la cosa más fea y se me acercaba, quitándose las gafas y mirándome fijamente, como si quisiera reconocer al mismísimo demonio.

—Era una opinión. Sólo una opinión —suavicé.

—Ah, no, no, ¿una opinión? ¿Se atreve usted a llamar a eso *una opinión*? ¿Así? ¿Y se queda tan pancho? ¡Eso hay que justificarlo, señor Sánchez! ¡Si no, no es una opinión, sino una blasfemia! —exclamó ahora, abandonada ya toda moderación y claramente enfurecido—. Ya lo creo que hay que justificarlo. Y si no puede, porque sus entendederas no dan para ello, pues, se calla. ¡Entiende! Es muy penoso oír a un burro hablar de Teología.

—Sí, don Corpus... Don Corpus —dije, repitiendo el nombre en mi aturdimiento, lo que provocó las risas de todos mis compañeros.

—¡Cállense! —ordenó—. ¿Ve usted, Sánchez? ¿Ve usted lo que ha provocado con su gracia? Ha interrumpido usted la clase. *¡Per visibilia ad invisibilia!* —dijo otra vez, no sé si con sentido—. Pero usted, nada. Usted no entiende nada, no es capaz de justificar nada y aún así se atreve a opinar, ¿no es eso? Procure esmerarse en esa justificación, Sánchez... Procure, Sánchez... Procure, Sánchez, esmerarse —tripitió—. Pues, si no se esmera..., esmera..., mal... le esmera..., va a ir, ¡ir! —terminó, por fin, la frase sin dar pie con bola y enrojecido.

—Sí, señor. Sí, señor —y de nuevo repetí, con lo que las risas de mis compañeros volvieron a saltar.

—Está bien. Hemos acabado por hoy... Por hoy, hemos acabado.

Nada más salir don Corpus, Satur me tendió la mano con efusividad:

—Muy bien, así se habla. Ya era hora de que alguien se opusiera a ese mentecato y su sarta de pamplinas.

Mientras me aturdía con sus felicitaciones, se me acercó Enrique:

—Enhorabuena —me dijo—. Has estado muy valiente. Pero es lamentable que pienses de esa manera. Don Corpus es estúpido, pero con esas ideas no tardarás en irle a la zaga.

Enrique tenía sobre mí un poder especial de convencimiento. Rara vez argumentaba, al contrario de Satur; sin embargo, sólo con mencionar una idea contraria era capaz de ponerme en duda sobre algo. Tal vez contribuía a ello la admiración que siempre sentí por su seguridad, por lo inalterable de sus convicciones.

—No le eches cuenta —dijo Satur, sin darme tiempo a contestar—. Ya sabes que Enrique es una mente enfermiza. Para la literatura valga, pero lo que es para la ciencia... —y dirigiéndose a él, le espetó:

—Lo siento, hombre, no es lo tuyo. Debes de tener alguna tara. Pero eso no impide que hagas buenas poesías.

—Que tú no entenderás, por supuesto, con esa cabeza de volumen indefinido.

—Indefinido no, su lado al cubo, Enrique, que no terminas de aprender.

—Bueno, dejaros de tonterías —intervine yo—. Mejor será que me ayudéis a preparar la defensa que me encargó don Corpus.

—¡Eso está hecho! Vamos a la Porqueriza —dijo Satur.

—Lo siento, pero conmigo no contéis —se excusó Enrique—. En todo caso, yo prepararé la defensa, y lo siento, de ese filisteo de don Corpus.

—Haz lo que quieras —dijo Satur y me llevó tirándome de la mano.

Me molestó que Enrique me dejase ahora tirado cuando en realidad aquella intervención mía lo era en nombre de los Pezuñiguistas. Sin embargo, me maravilló de nuevo su entereza para oponerse a cualquier opinión por mucho eco que ésta encontrase, y eso me demostraba una vez más que Enrique no era hombre de grupos, de multitudes, sino un individualista inalterable.

No obstante mis dudas sobre lo que tan ligeramente había expresado, estaba decidido de qué lado me hallaba en la discusión y no dudé en ir con Satur a discutir la forma en que había de redactar aquella negación de Dios.

En la Porqueriza, Satur adoptó un aire exaltado. Me hizo tomar un papel y comenzó a dictar como un conspirado.

—"Dios no existe. Ése es nuestro axioma. Nosotros no tenemos que demostrar nada. Como no se demuestra la existencia de un gato en una habitación en la que no hay ningún gato. Si alguien tiene que demostrar algo, que sea él que diga que sí hay gato en la habitación. Ellos son los que tienen la obligación de argumentar y no nosotros, a quienes no nos molesta que no se oigan maullidos. Porque el gato, como Dios…"

—¡Un momento, un momento! —le interrumpí en su arrebato de inspiración—. No tan deprisa. Eso que estás diciendo es una majadería. Pareces un iluminado.

—¿Cómo has dicho? —se detuvo con gesto de sentirse ofendido.

—Que hemos venido a reflexionar y no a lanzar proclamas. Además, ¿qué crees, que voy a copiar como un tonto cuanto tú me dictes?

—Ah, veo que Enrique te ha turbado la mente.

—Nadie me ha turbado nada. Pero no me gusta que te creas tan listo.

—Encima, me insultas. Después de que he venido a ayudarte desinteresadamente, a ofrecerte mis conocimientos —dijo cada vez más engreído.

—Si te vas a poner así, tus conocimientos puedes guardártelos.

—Tengo la sensación, Miguel, de que aún no estás preparado para la gran misión de la ciencia.

—Eres imbécil, Saturnino, ¡imbécil del culo! —le dije descomponiéndome y llamándole por su nombre, que sabía le molestaba.

—Ah, ¿sí?, pues avíatelas como puedas. Y pregúntale al gilipollas de Enrique a ver si uno de sus poemitas te sirven mejor que mis ideas.

Y, sin darme tiempo a detenerle, salió de la Porqueriza dando un portazo y musitando:

—Mentes débiles, mentes débiles…

Me quedé a solas. De una u otra forma Enrique y Satur se habían sacudido la cuestión y por muy Pezuñiguistas que se sintieran no estaban dispuestos a echarme una mano.

Sin percatarme de ello, el tiempo del recreo había transcurrido y a mis espaldas escuché el tan-tan de la campana que nos avisaba de la vuelta a clase. Oí el revuelo de todos mis compañeros zapateando en la azotea y formando los grupos para volver a las aulas. Aunque se extrañaran de mi ausencia, Enrique y Satur se encargarían de disculparme, así que decidí permanecer en la Porqueriza lo que restaba de mañana con la intención de salir de allí con el tema hecho. Iban a saber esos dos mequetrefes y el gran mequetrefe de don Corpus si era yo capaz o no de defender mis afirmaciones.

Tras el enorme revuelo de pisadas que se atropellaban por los pasillos en busca de las aulas, se fue cuajando de nuevo una paz densa y profunda que sólo se veía alterada por alguna voz lejana procedente del piso bajo. Así, hasta que finalmente todo quedó en silencio.

Sentí una extraña sensación al verme allí a solas, clandestinamente, en la Porqueriza. Sin el ajetreo de nuestras bromas y discusiones parecía aquello una celda conventual severa y desabrida. La luz entraba por el ventanuco, de costado, dejando una intensa llamarada sobre la mesa, mientras el resto permanecía en penumbra. Me detuve a observar el vaivén ajetreado de las motitas de polvo, naufragando en el aire, sostenidas entre dos aristas de luz. Tomé mi lápiz y me dispuse a escribir sobre el asunto. Tenía que hablar de Dios, exactamente me disponía a negarlo. En aquella soledad tremenda sentí un estremecimiento, como si de repente, a solas, la cosa no fuese tan frívola como la había pensado y presintiera, me da vergüenza confesarlo, que tal vez Dios existía y se estaba riendo de mí, viéndome allí en la Porqueriza intentando justificar desde mi cabeza su profundo misterio.

Aun así, decidido a no dejarme turbar por la sensación de soledad, alargué la mano sobre el papel con la intención de escribir, y, al hacerlo, mi mano quedó repentinamente iluminada por el haz de luz que filtraba el ventanuco. Mirándome a mí mismo me figuraba, así, con el aura de la luz sobre la mano, uno de esos santos de los cuadros que ven guiada su pluma por la inspiración divina. Me quedé sorprendido. No sabía qué escribir.

Pensando en ello, me vinieron al recuerdo las primeras veces que indagué sobre Dios. Me dejé llevar por las imágenes: solía sentarme, al anochecer, en la enorme cocina de nuestra casa de Salamanca. Mientras mi madre preparaba la cena para los demás yo tomaba una taza de caldo recién hecho. Aquella oscuridad tras la ventana que daba al jardín abandonado y la luz amarillenta que derramaba la bombilla colgada del techo, así como los ruidos minuciosos de las cucharas y los platos que mi madre entrechocaba, me producían siempre una tristeza infinita. Sentía algo así como miedo o soledad, un impulso melancólico que me llevaba a reiniciar una y otra vez la misma conversación:

—Madre, ¿quién hizo el mundo?

—Pues, Dios —contestaba ella, sin dejar de batir los huevos.

—¿Y a Dios quién lo hizo?

—Nadie. Dios vive desde siempre.

—¿Cómo va a vivir desde siempre, madre?

—Eso dicen los curas.

—Dirán lo que quieran, pero eso es imposible —decia yo siguiendo el curso de las moscas—. Y antes de Dios, ¿qué había?

—¿Antes de Dios? Nada.

—¿Y si no había nada, cómo va a salir Dios…?

La sopa siempre tan caliente, para que templase el estómago, hacía más larga nuestra conversación. Yo daba vueltas al caldo y lo aireaba, levantándolo y dejándolo caer con la cuchara, para que se enfriase.

—Sí, madre, ¿cómo va a nacer Dios si no había nada?

A partir de ese momento, empezaba a correrme por el gaznate un hilillo de ira, tal vez de coraje. Era como si el razonamiento se me enredase en el estómago y me estrangulase las tripas. La sopa ya no me la podía tomar y golpeaba con la cuchara, fastidiosamente, en la taza.

—¡Que me digas qué había antes de Dios! —le decía encorajinado. Tenía la sensación de que ella lo sabía y quería reírse de mí. O que me ocultaba algo, como cuando hablaban susurrando de sus "cosas de mayores".

—Pero ¡será tonto este chiquillo! ¡Qué quieres que te diga?

—Pues, ¡no como! —y tiraba la cuchara sobre la mesa, desparramando la sopa.

Aquel gesto molestaba a mi madre, pues le parecía una impertinencia por mi parte.

—Te vas a quedar sin cenar —me recriminaba benévolamente.

—¡Que me lo digas, que me lo digas! —repetía yo insistentemente, una y otra vez, mientras golpeaba con el pie, al mismo son, la pata de la mesa. A mi madre, entonces, le entraba risa de verme así, tan enrabietado, y a mí me enfadaba más aún verla a ella reír.

—¡Que me lo digaaaas! —gritaba ya sin recato.

Por fin, mi madre, riendo, con lágrimas en los ojos, decía:

—Te lo he dicho mil veces. Eso es como lo del huevo: ¿quién fue antes, el huevo o la gallina?

Aquello ya me exasperaba; me levantaba de la mesa y remedando su tono de voz, repetía, ridiculizándola:

—Eso es como lo del huevo, ¿quién fue antes, el huevo o la gallina? —y me marchaba a mi cuarto, pateando todo cuanto encontraba a mi paso.

Desde la cocina oía aún la voz de mi madre:

—No he visto zagal más tonto que éste...

Pero ¿era yo, realmente, el más tonto?, pensaba ahora, abandonando el recuerdo y volviendo al haz de luz que comenzaba a escaparse de la Porqueriza. La rememoración de las conversaciones con mi madre me decidieron sobre qué tenía que escribir.

—Salga usted, Miguel, y léanos lo que ha escrito, léanos lo que ha escrito —repitió don Corpus al día siguiente, nada más entrar, sin darnos tiempo a sacar los cuadernos.

Yo salí con paso firme y decidido, y me coloqué frente a la clase, junto a la pizarra. Al mirar a don Corpus, presentí que le había molestado que tuviese algo escrito y que, en realidad, hubiera deseado que no llevase nada para, así, ridiculizarme. Se hizo un gran silencio en la clase. A mis compañeros no les importaba tanto lo que yo fuera a decir como presenciar la segunda parte de la disputa. Satur me miraba sin interés, como si no esperase nada bueno sin su ayuda. En cambio Enrique estaba erguido, con la barbilla apoyada entre las manos, mostrando su atención.

—Cuando usted quiera, Miguel, cuando usted quiera —repitió don Corpus.

—He pensado —comencé, leyendo mi escrito—, que todo se reduce a un tema único: ¿quién fue antes, el huevo o la gallina? El huevo representa al hombre, la gallina a Dios. Desde que oigo hablar de Dios —continué—, no he escuchado otro argumento distinto a éste. Sólo que algunos lo encubren con más florituras, más plumajes, y convierten a la gallina en un pavo real. De esa manera, los que se pavonean son ellos, pero ninguno avanza en la verdad. Yo tampoco sabría romper este círculo, lo reconozco; aunque, sinceramente, creo que primero son los hombres, los huevos, porque sin huevos no hay nada...

Al decir esto, mis compañeros rompieron a reír a carcajadas. Yo me quedé sorprendido, pues hasta ese momento no había caído en la cuenta de la posible hilaridad que provocarían mis palabras.

—¡Si... si... lencio! —ordenó don Corpus, viendo el cariz que adquiría la cuestión—. ¡Cállese! ¡Es usted un payaso, Miguel!

Entonces se levantó de la mesa y se paseó por la clase, como si pensara qué tipo de bronca debía echarme.

—Como siempre, se ha creído usted muy listo. ¿Lo ve? Se ha creído usted muy listo y no ha hecho más que el tonto. ¿Lo ve? ¡Qué vulgaridad! ¡Volver a traer el argumento del huevo! ¡Qué falta de inteligencia, señor Sánchez! No lo esperaba, sinceramente, no lo esperaba de usted. Hace tiempo que debió haber aprendido el fracaso de esos argumentos. ¿Recuerda usted que también a Colón —y fue subiendo progresivamente el tono—, también a Colón quisieron derribarle de sus razones con un huevo? ¿Y sabe usted lo que hizo Colón demostrando más inteligencia que usted? ¡Sabe usted lo que hi... hi... zo con el huevo! ¡Lo estrelló! ¡Lo espachurró contra la mesa de los necios, señor Sánchez! No, señores, los argumentos de huevos no son argumentos de peso...

—A no ser que sean de avestruz —se oyó una voz al fondo, interrumpiendo a don Corpus y provocando un sinfín de risas.

Don Corpus, terriblemente enfadado, no tuvo otro remedio que zanjar cuanto antes la cuestión. Montó en cólera, gritó, desbarró, nos insultó y, por último, impuso silencio. Después nos llamó a mí y al chico de la broma, a solas, y nos mandó copiar cuantas veces quiso un extraño argumento, en el que se hablaba de un necio y un san Anselmo, con la reforma obligada de que donde aparecía el necio teníamos que poner "el necio de Miguel". Ahora sólo recuerdo el comienzo: "Dijo el necio de Miguel en su corazón: no hay Dios" y tras eso un enrevesado e incomprensible galimatías, en el que se concluía, por el contrario, que, a pesar del necio, sí lo había.

POR LA PUERTA APARECEN LAS MALDITAS PARCAS

Mi abuela no se había acostumbrado a vivir en Sevilla. De la misma manera que mi padre era incapaz de vivir sin sus trenes, ella no sabía respirar sin el aire del Tormes.

Desde que llegamos apenas salió de casa y tan sólo lo hizo en dos ocasiones: la primera, al poco de establecernos, para apuntarnos a todos al *Ocaso*, una compañía de seguros que por unas pequeñas cuotas mensuales aseguraba un entierro digno y una caja de muerto en madera de pino barnizada, además de poner algunos taxis a disposición de los dolientes; la segunda, para ver salir a la *Macarena*, de la que tanto había oído hablar. Pero ni una ni otra cosa le convencieron; la primera, por que no quisieron reconocerle los años que llevaba pagando a la compañía *La Soledad*, de Salamanca, y la segunda, porque le pareció un ídolo pagano aquella virgen lustrosa, llena de joyas, agitanada, meneándose al son de unos músicos, según ella, de comparsa, y jaleada por gritos del todo irreverentes.

Murió en plena primavera, lo que acentuó en mi imaginación los contrastes entre la vida y la muerte, aún desconocidos para mí. Mientras todo el mundo se disponía en esta ciudad a recibir el tiempo de la alegría, ella fue apagándose poco a poco, sin querer delatar el terrible dolor que una de sus piernas debió causarle. Recuerdo aún las caras de mis padres el día que el médico pellizcó su pantorrilla repetidas veces y ella no hizo gesto alguno de sentirlo. Después hablaron de la pierna como si ya no le perteneciera, como si fuera un apéndice molesto que había que extirpar, un lastre innecesario para aquella viejecita. Ella no lo supo nunca, o no quiso que supiéramos que lo sabía, y mi madre disimulaba la ausencia del pie con un cojín oculto bajo las sábanas. Pasado aquello, aún repetía que le subía un dolor desde la planta del pie hasta la rodilla, como un fuego que le corría por unos huesos ya inexistentes.

En las desgracias se tiene una especial sensibilidad para delatar el mal gusto, tal vez porque los detalles cobran entonces un relieve inusual. Y con mal gusto recibí la noticia de su muerte.

Era la hora de entrar a las clases. Aún estábamos formados en el zaguán esperando a que don Bienvenido, como era su costumbre, bajase a darnos los buenos días y nos soltase la filípica cotidiana con la que esperaba ir moldeando nuestros espíritus. No había comenzado a hablar, cuando un chico de otro curso levantó la mano y dijo:

—Ahí arriba están diciendo algo.

El Director mandó callar y entonces, desde uno de los ventanales de su casa particular, se oyó la voz de su esposa, la Directora, malhumorada, imagino que por haberla hecho levantar de la cama la insistencia del teléfono, que sin dignarse a bajar gritó desde arriba:

—¡Que han llamado de casa de Miguel Sánchez, que se vaya para allá, que se ha muerto su abuela!

Se hizo un silencio pesado y transparente. Todas las miradas de mis compañeros se dirigieron hacia mí, mitad sorprendidas, mitad apiadadas. Yo me quedé quieto, azorado, sin saber si dar las gracias o echar a llorar.

71

—Vaya usted, Sánchez, vaya con su familia —oí que decía don Bienvenido, sacándome de mi quietud.

Nunca nos llamaba así, de usted. Pensé que era una forma improvisada de corregir la vulgaridad de su esposa que a él mismo debió de rechinarle en los oídos.

Sostuve las lágrimas al borde de los ojos, pero sin llorar. Entonces se me acercó Enrique y me preguntó si quería que me acompañase. Yo le dije que no, que no hacía falta. Y salí corriendo. Sólo al doblar la esquina, y sin detener el paso, dejé escapar algunas lágrimas que me corrieron hasta la barbilla.

En casa el espectáculo era desolador. Sin querer atender a la gravedad, todos habíamos pensado que la abuela sobreviviría a la operación.

Mi madre estaba ya de negro cuando yo llegué. Eso me sorprendió. ¿Cómo se había agenciado tan pronto aquel traje oscuro que la hacía tan mayor y desconsolada? Sin embargo, todo parecía previsto. Como si los menos dolientes de la familia tuviesen ordenado qué hacer en estos casos mientras los más dolientes arreglábamos el desorden de nuestro corazón.

A mí me llevaron a otra habitación y una tía mía sacó un envoltorio y de él una cajita con calcetines negros. Me los hizo poner y yo lo hice como asistiendo a un ritual necesario que había que cumplir. Después, de otro paquete, sacó varias corbatas, también negras; éstas, por el contrario, usadas, y me dijo que las probara a ver cuál me venía bien. También me hizo cambiar de camisa y me entregó una blanca. De esa manera, salí de la habitación no sin antes sorprenderme ante el espejo con aquella pinta mitad elegante, mitad ridícula.

Así, enlutado, me incorporé al comedor donde ya habían llegado varios familiares y algunas vecinas que parecían más afectadas aún que éstos, aunque con un dolor más de cortesía que de corazón.

Me dirigí a mi padre, que conversaba con otras personas, y me ofrecí por si necesitaba algo. Tomó mi cabeza entre sus manos y agitó suavemente mi pelo. Después me rogó que le fuese a por tabaco.

A la vuelta oí que esperaban a las tres tías Simeonas. Eran estas tres señoras tías políticas de mi padre, hijas todas de un tal tío Simeón al que nunca conocí. La mayor, Lucrecia, era alta y esbelta, muy delgada, con la cara cetrina y un humor de perros. Parecía que se estrechara a sí misma apretando los brazos en sus costados, como si aguantara las ganas de orinar. En realidad, esto, orinar, no lo hacía con facilidad y en cualquier momento podía removérsele la piedra del riñón, que desde siempre la acompañaba, dando al traste con su apostura. Según ella, los cólicos nefríticos podían superarse con una voluntad firme y entrenada. "Baste que la primera vez sorprenda —decía—, pero después no hay motivos para tanta aparatosidad." Cuando la quemazón del costado le avisaba del incipiente trancazo, ella se echaba en un sillón, con las piernas abiertas, algo indecorosa, y comenzaba a acompasar una respiración profunda y agitada como el jadeo de un perro. Después ya todo eran muecas: torcía la boca, apretaba los labios, abría y cerraba alternativamente uno y otro ojo, hinchaba los carrillos, bufaba... En el colmo del dolor, golpeaba con los pies en el suelo, como si insinuase un claqué, y dejaba escapar unos aulliditos finos y agudos.

Sus hermanas salían al paso de cualquier intento por socorrerla: "Dejadla, dejadla sola; ella sabe cómo se le pasa". Así hasta que el dolor la vencía y quedaba despanzurrada, con la cara lívida como una muerta. Entonces venían los tés, muchos tés, un té detrás de otro, "que limpia mucho".

Amparo, la de en medio, por el contrario, era baja, gorda y agorera. En cualquier momento presagiaba la desgracia. Todo eran malos augurios, señales inequívocas de que algún mal se nos venía encima. Si la puerta estaba entornada, se nos colaba la enfermedad por la rendija; si se desparramaba la sal, mejor despedirse; si la silla se sostenía sobre una sola pata, la desgracia estaba a punto de sentarse en ella... Las noches de tormenta le suponían un calvario. Nada más barruntarlas daba en encender un candelabro de siete brazos que ponía bajo los pies de una virgencita del Perpetuo Socorro, en un alarde de contradicción judeo-cristiana. Después se metía una cuchara de palo en uno de los bolsillos y, apretándola con la mano como un talismán, se pasaba la noche musitando entre labios, no se sabe si oraciones o improperios. De la tensión terminaba siempre con un ojo aturdido, que le duraba varios días con el párpado caído y un inquietante tic nervioso.

La tercera, la más chica, se llamaba Gertrudis y, de todas, era la que se suponía más ilustrada. Infatuada y supuesta, tenía un hablar impenitente y engreído con el que sabía mortificar a todos los concurrentes. Sobre todo le gustaba hacer alardes de conocimientos médicos y aunque en más de una ocasión le vi confundir el lugar del hígado con el del apéndice, ella solía sentenciar como un Galeno relamido sobre cualquier mal. Diagnosticaba enfermedades, aconsejaba remedios, invitaba a visitar a tal o cual especialista, cuyo prestigio traspasaba nuestras fronteras, sin que ninguno, imbéciles de nosotros, nos hubiésemos dado cuenta.

En lo tocante a opiniones, todas callaban y la dejaban explayarse sobre el riñón, la placenta previa o los fados portugueses. Mientras ella peroraba sin continencia, sus dos hermanas asentían con la cabeza para dar confirmación de cuanto decía, y no paraban en su cabeceo hasta que ella, finalmente, y con un leve ladeo de la boca, decía:

—De manera que ya ven.

Momento que las otras aprovechaban para decir:

—Sí, sí, así es.

A mí esto me divertía mucho y a veces las tentaba con alguna pregunta y, sin escuchar ni importarme su respuesta, esperaba el momento en que Gertrudis, ladeando el labio, por fin decía:

—De manera que ya ven.

Y las otras a lo mismo:

—Sí, sí, así es.

En fin, unas avutardas, verdaderas Parcas que sólo aparecían allí donde presagiaban la desgracia.

Cuando aparecieron por la puerta impresionaron a todos. Cohorte ensoberbecida, con paso firme y boca apretada, pasaron por delante de mi padre como una lamentación y, sin atender a nadie, presuntuosas de su valía, se introdujeron en el dormitorio donde se hallaba la abuela.

—Vienen a amortajarla —oí que decían unas vecinas.

Fue entonces cuando me enteré de a qué venían. Amortajar difuntos era otra de sus desagradables habilidades. Allí donde fallecía algún familiar aparecían al instante las tres Parcas, en un alarde de virtud que más lo era de exhibición, pues ellas se preciaban de hacer esta labor mejor que nadie y les gustaba que tras la faena les alabaran el resultado. "Ha quedado muy bien. Muy natural. Parece dormida, mismamente como era."

Nada más entrar en la cámara mortuoria, echaban de allí a todos los asistentes con una ráfaga de palabrería. Por respeto a la intimidad, decían, para que no lo vieran desnudo. "Porque al muerto hay que amortajarlo en pelotas." Lo decían así, como si quisieran con aquella altisonancia impresionar a los concurrentes, sin saberse por qué ellas sí se atribuían la capacidad de verlo, cuando en la mayoría de los casos los fallecidos ni siquiera eran familiares suyos. A mi parecer, estas tres señoras no conocían el desnudo humano más que en cuadros o en difuntos, lo cual, sin duda, les daba una visión bastante fría de los hombres.

Una vez en faena, se pertrechaban en torno al lecho y con varias sábanas dispuestas comenzaban a envolver el cadáver con tales vueltas y revueltas que casi lo mareaban; finalmente, la capellina de la cabeza, y lo dejaban tal que una momia. Pero su mayor alarde se centraba en el rostro: le cerraban los ojos, le subían la barbilla, a veces haciéndola crujir sin compasión, lo-

grando que la boca quedase bien cerrada. Después los afeites.
Un poco de colorete aquí, una sombra allá, hasta que el muerto
perdía su lividez natural y más parecía dormir una borrachera.
Para cuando llegó el cura, ellas ya habían acabado su tarea.
Y salieron haciendo muchas muecas y exagerando lo difícil que
les había sido esta vez, "...porque ya estaba muy rígida, sí, sí,
muy rígida". Después se pusieron hinchadas como pavos al ver
que todas las vecinas les alababan su maestría y la sabionda ini-
ció su perorata sobre la caducidad de las vísceras o yo qué sé.
Hasta que por fin se le oyó decir:
—De manera que ya ven.
Y las otras dos:
—Sí, sí, así es.
La verdad, la última vez que vi a la abuela más parecía una
caperucita roja desfallecida que una difunta. Pero así era la obra
de las tías Simeonas a las que, en secreto, yo llamaba las Tres
Necesidades: Simeona, Sipeona y Sicagona, por todas estas co-
sas y otras que me callo.

¡P. Zúñiga vive!

Toda una semana permanecí en casa sin volver al colegio. Bien fuera porque mi madre pensó que la tristeza no era buena compañera de estudios, bien porque en su desasosiego se olvidara de mí y no tuviese ganas de ocuparse de mis cosas. Lo cierto es que me levantaba tarde y vagaba por la casa sin querer entorpecer los quehaceres domésticos, mostrándome solícito en ayudar en todo cuanto estuviese en mis manos.

En aquellos días me invadió una terrible melancolía. Me di cuenta entonces del espacio que llenaba la abuela en casa. De repente, percibí que muchas cosas que me habían parecido ligadas a la casa sin remisión sólo tenían sentido con ella. Su cuarto, sobre todo, había adquirido ahora una presencia majestuosa y sin sentido. Era como si se le hubiese ido el alma y quedaran allí los enseres, inertes, sin la mano que les prestaba emoción. Recuerdo que en aquellos días leí algo sobre un buque fantasma y eso, precisamente, me parecía la habitación de la abuela: un buque fantasma varado en aquel fondeadero, sin ninguna tripulación. Incluso debo reconocer que me daba cierto temor entrar allí, como si la muerte rondara aún su cama.

Cuando mi madre comenzó a sacar cosas del cuarto y envolvió la ropa ya inútil que iba a dar a los pobres, me entraron de nuevo ganas de llorar.

La vuelta al colegio me aligeró de todos aquellos pensamientos y me otorgó, por causa de la desgracia, un aura de distinción. El primer día los compañeros me trataban con ciertos miramientos, como a quien ha soportado un revés de la vida del que los demás se compadecen. Pero poco a poco todos se olvidaron de mí y mis relaciones recobraron el aire normal de siempre.

Sólo entonces debió de creer Enrique conveniente el anunciarme el descubrimiento de Satur y en la primera oportunidad que tuvimos de reunirnos en la Porqueriza, me lo dijo:

—¡P. Zúñiga vive!

No entendí al principio y pensé que se trataba de una nueva contraseña para nuestras acciones. Pero Satur me sacó de la confusión:

—Sí, Miguel, como te lo decimos. P. Zúñiga vive. Lo he visto. Sé dónde está.

—¿Qué queréis decir?

—Su verdadero nombre es Pablo de Zúñiga. Como ves, tenían razón los paulinos. A partir de ahora, cualquier otra interpretación será considerada herética.

—Estáis locos. No os entiendo.

—Verás —tomó la palabra Enrique—, hace unos días Satur acompañó a sus padres a visitar a un pariente internado en el Asilo del Pozo Santo. Allí oyó que una monja llamaba a don Pablo Zúñiga.

—Como comprenderás —intervino Satur— al oírlo no pude evitar preguntarle a la monja que quién era aquel señor. Entonces apareció un anciano de gran estatura, muy pobremente vestido, como casi todos los que están allí, apoyando su paso en un bastón. La monja me dijo: "Ahí le tienes. Hace ya seis años que está aquí. Como todos nuestros recogidos, no tiene a nadie que le cuide". Cuando se acercó a la monja pude escuchar su modo de hablar pulcro y educado, entonces no pude callarme y le dije: "¿Señor Zúñiga? ¿Es usted P. Zúñiga?". Se me quedó mirando. Debierais haber visto su cara de sorpresa.

—Y bien, ¿qué contestó?

—Dijo que según lo que significara la P.

—Me parece lógico.

—Que si significaba Pablo, pues que sí, que si significaba otra cosa, pues que no.

—De sentido común —apunté.

—Eso mismo me pareció a mí. Pero a la dichosa monja no debió parecerle así y me hizo señas, a sus espaldas, de que estaba loco, que no le echara cuenta. Y se lo llevó sin darme tiempo para volver a preguntarle.

—¡Eso es una infamia! —dijo de repente Enrique, casi asustándome—. ¡Hay que acabar con esa monja frenética! —continuó, usando uno de sus adjetivos estrafalarios—. ¡No sabe con quién está tratando!

—Pero ¿cómo va a ser él? Por el aspecto de los libros, su dueño debió morir hace años.

—No tantos, Miguel, no tantos. Hemos visto la fecha de los libros y no tienen más de cincuenta años. Si le suponemos a P. Zúñiga treinta cuando comienza a adquirir su biblioteca, debe de tener ahora unos ochenta. La edad aproximada del hombre que yo vi —razonó Satur con su habitual sentido matemático.

—Bueno, y aunque fuera así, qué nos importa a nosotros.

—¡Cómo que qué nos importa! —saltó Enrique indignado—. Es nuestro guía espiritual. Somos Pezuñiguistas, ¿no? ¿Dónde has visto tú a unos discípulos que no quieran conocer a su maestro? Tenemos que ir a verle. No podemos abandonarle así, en manos de esa arpía que dice que está loco.

Lo tenían ya previsto y no hubo nada que oponer. Al día siguiente, nos dirigimos al Pozo Santo.

—¿Y qué vamos a decirle? —preguntaba yo por el camino.

—Dios proveerá —respondía Enrique enfatizando bíblicamente.

—Y si no provee sacrificamos a la vieja frenética, ¿no? —le seguí el juego viejotestamentario.

En el Pozo Santo nos recibió una monja. Enrique preguntó inmediatamente si era ésa la arpía. Satur indicó que no. Nos hicieron pasar. Por la amabilidad con que nos acogían, parecía que les agradaban las visitas. No tanto por los viejos sino porque les daba a ellas la oportunidad de hablar con gente distinta a la de aquel cuasi cementerio.

Como yo pronunciaba distinto a ellos, dijeron a la monja que era un sobrino suyo de Salamanca que venía a saludarle. Al oír esto, la monja dio un respingo de alegría y comenzó a preguntarme cosas sobre la ciudad que me vio nacer, en la que, según ella, había profesado sus votos. Y la verdad, me gustó oírla hablar así, tan pulcramente y sin alaracas, y me entusiasmé, invadido por la nostalgia, cuando se deshizo en elogios sobre la Plaza Mayor, las riberas del Tormes tan dulces al llegar la primavera, la Casa de las Conchas con su insospechada pastelería abierta en sus propios muros, el frío de sus calles, y en el colmo cuando me trajo a la memoria la imagen de la Pontificia frente a la cual estaba mi propia casa.

De repente sentí cómo se abría en mi interior un surco olvidado y antiguo. Me di cuenta de que, a pesar de las luminarias de esta tierra, que tanto me habían deslumbrado, mi corazón estaba anclado definitivamente en aquellas calles y aquellas piedras. Por ello, no pude evitar sentir un cierto disgusto cuando de nuevo oí la voz amanerada de Enrique:

—Oye, mushasho, no tenrolle, quemoj venío avé a Súñiga.

La monja se excusó por hacernos perder el tiempo. "Ya hablaremos en otra ocasión", dijo. Y nos acompañó a través de un largo corredor sombrío, por donde merodeaban unos viejos zarrapastrosos que no dejaban de pedirnos tabaco, sin que pudiésemos complacerles.

Yo iba junto a la monja entusiasmado por su conversación, mientras Enrique y Satur, por detrás, cuchicheaban y hacían mofas. Por fin llegamos a una puerta, al fondo del corredor. La monja abrió, asomó la cabeza y volvió a cerrar.

—Lo que imaginaba —dijo—. Debe de estar en su escritorio.

—¿Qué quiere decir, madre? —pregunté intrigado.

Al oírme, Satur tuvo que ponerse la mano en la boca para no echarse a reír de mi expresión. Y manteniéndose detrás, se pasaba el dedo por debajo de la nariz indicándome que más que madre era padre, lo que yo procuraba no ver para no reírme delante de la monja.

—Don Pablo tiene sus manías, hijos —dijo la monja.

—¿A qué manías se refiere? —preguntó Enrique, uniéndose a nosotros.

—Ya lo veréis. No impacientaros, él os lo explicará. A todo el mundo se lo explica. Y, bien pensado, tienen su gracia…, y su talento —al decir esto, se detuvo y se nos quedó mirando—. Hay que reconocer que es de los pocos instruidos que hay aquí. ¿Hace mucho tiempo que no le ves? —preguntó dirigiéndose a mí.

Balbuceé un poco. Satur y Enrique me hicieron señas de que hablara.

—Hace algunos años…, sí, hace algunos años. Vivíamos en Salamanca y claro…

—En ese caso le encontrarás muy cambiado —y mirando hacia arriba, como si hallase alguna relación entre lo que iba a decir y el cielo, suspiró—: ¡Ah, la vejez! ¡Todo lo arruina, hijos míos! Por eso hay que estar preparados para recibirla con resignación.

—Ya lo creo, ma…, hermana —corregí ahora, por temor a que mis acompañantes volvieran a las risas.

Subimos por una escalera muy estrecha y con poca luz. Si todo el asilo era sombrío y lúgubre, aquella parte aún lo era más. De vez en cuando, en las paredes aparecían algunas lápidas con calaveras dibujadas y nombres de supuestos difuntos.

—Algo triste para animar a los viejos, ¿no le parece, madre? —dijo Satur con ironía y retintín.

La monja, en cambio, caminaba animosa, con esa alegría propia de quien sabe que ninguna miseria es definitiva.

—Estamos acostumbrados. Nos dan compañía —rió ahora ella.

Por fin llegamos a una puerta al final de la escalera, la entrada a algo así como una torre o un último sobrado. La monja golpeó con los nudillos, abrió y asomó la cabeza:

—Tiene usted visita, don Pablo.

Desde fuera oímos su voz.

—Ya era hora. Hace tres años que no me visitan ni las ratas.

—No pierde el sentido del humor —dijo sonriendo la monja.

—Pero sí del amor, hermana, sí del amor, que no sé cómo puede ejercitarse a solas.

—Nunca estamos solos, don Pablo, nunca estamos solos.

—Bah, bah —oímos que farfullaba al fondo de la habitación.

Aquellas palabras venidas del interior nos sorprendieron. Fuese quien fuere aquel hombre sabía lo que se decía. Lo que no sabíamos era lo que íbamos a decirle nosotros.

—Bueno, os dejo con él —dijo la monja—. Cuando acabéis, que os acompañe. Le conviene andar.

Y, diciendo esto, se marchó.

Los tres nos quedamos en el dintel sin saber qué hacer. Desde nuestra posición aún no se le veía. Tan sólo veíamos al fondo, en la pared, un cuadro de un hombre desnudo en un barril junto a unos perros. Volvió a oírse su voz desabrida.

—Pasad, quienes quiera que seáis.

Enrique, tan apasionado por todo lo estrambótico, dio el primer paso y se adentró en la estancia. Tras él seguimos nosotros. Al fondo y junto a una mesa, el viejo permanecía de espaldas, trasegando con algo sobre el tablero. Apenas se le veían las piernas, bajo un babilongo gris, todo lleno de manchas de mil colores. Al entrar, llamó nuestra atención una colección de raros adornos, dispuestos en varios anaqueles colocados en una hornacina de la habitación. En ellos, como si fueran avisperos decorados, había más de quince cabezas de girasoles, todos de gran tamaño, que, a manera de almohadillas, como las que usaba mi madre para pinchar los alfileres, sostenían en sus alveolos, vacíos de fruto, más de cien clases de plumas de aves de diferentes colores y tamaños. En otro estante se veían botes de formas diversas con polvos de distintos colores en su interior.

El anciano agitaba uno en sus manos.

—Si sois de la parroquia y os envía ese embaucador de don Ángel, podéis iros con viento fresco. Hoy no recibo.

—No somos de ninguna parroquia —dijo Satur algo molesto porque aún no se hubiese dignado volverse hacia nosotros.

—Entonces ¿quiénes sois? ¿Qué queréis?

—A la monja le hemos dicho que somos sobrinos suyos. Era la única forma de verle.

—¿Sobrinos? —dijo aún sin mirar—. Bien podíais haber elegido otro parentesco. Mis sobrinos sólo aparecieron cuando creían que había algo que llevarse, después no han vuelto a venir. ¿Sobrinos? ¡Buitres!

Sólo entonces pareció caer en la cuenta de lo extraño de nuestra presencia. Soltó los botes y lentamente se volvió.

Era la primera vez que le veía el rostro. Tenía una cara enorme y angulosa. Todo en ella era grande: los ojos algo amarillentos y vidriosos, una robusta nariz, las orejas descomunales y una boca dura y apretada. Debo confesar que me impresionó. Pero al vernos esbozó sonrisa y el aire de ésta cambió el gesto de su cara produciendo un extraño contraste con el resto de sus facciones, como una máscara que sonriera sin adivinarse su verdadera intención.

—¿Y qué queréis vosotros? —preguntó ahora intrigado.

—Hemos venido a verle, señor, porque somos Pezuñiguistas.

El viejo miró primero a Enrique, que era el que había hablado, y a continuación paseó sus ojos por nosotros con desconfianza.

—¿Qué nueva treta pretenden ahora esas brujas? —preguntó desconcertándonos de nuevo.

—No tenemos nada que ver con esas viejas frenéticas —advirtió Enrique, haciendo uso de nuevo de su adjetivo favorito.

Aquella observación debió de convencer al señor Zúñiga de que realmente no eran las monjas quienes nos enviaban.

Enrique entonces aprovechó para acercarse a la mesa. Como un personaje de las novelas que tanto le gustaban, dijo:

—¿Tiene usted tinta?

—¿Tinta? ¡Todos esos botes son de tinta! No hay nadie en el mundo que tenga más y mejores tintas que yo —se acercó al estante y tomó un botecito azul—. Aquí tienes.

Enrique lo cogió, sacó el sello de su bolsillo y derramó una gota sobre él. Después la expandió en toda la superficie con el dedo.

—Ahora necesito un papel.

El señor Zúñiga se lo entregó sin preguntar, entusiasmado por el misterio. Satur sonreía viendo a Enrique hacer aquellas cosas tan templadamente, y yo le miraba sorprendido, pues desconocía que tuviese preparado aquel golpe de efecto.

Enrique posó el sello sobre el papel y apretó con fuerza. Después lo levantó y mirando satisfecho la marca se la entregó a Zúñiga.

En el papel, con toda nitidez, habían quedado estampados la calavera sobre el libro y, orlándolo, el lema del grupo: *Ars longa, vita brevis. P. Zúñiga*.

Al tomarlo en sus manos, el viejo pareció descomponerse. Levantó la mirada hacia nosotros, nos inspeccionó y volvió los ojos de nuevo al papel.

—¿De dónde habéis sacado este sello?

—¡Os dije que era él, os lo dije! —exclamó Satur, satisfecho de su perspicacia.

—De su Biblioteca, señor Zúñiga. Lo encontramos en uno de los cajones de los estantes.

—¿De mi Biblioteca? ¿Acaso tenéis vosotros mi Biblioteca?

—Sólo la custodiamos, señor. Sus libros están en buenas manos. No tiene que temer por ellos —dije ahora yo incorporándome a una conversación que aún no me creía.

—En realidad, sus dueños son unos zafios. Gente que no sabe apreciar lo que hay en sus páginas. Si no fuera por nosotros —dijo Enrique infatuado—, se morirían de risa en esa buhardilla infame.

—No acabo de entender —manifestó el señor Zúñiga.

—Su Biblioteca está en nuestro colegio. No sabemos cómo llegó allá. Pero allí está, arrumbada en una habitación mezquina e inapropiada.

—Yo sí sé cómo llegó —dijo el señor Zúñiga con tristeza—. Esos bribones de mis sobrinos lo vendieron todo cuando decidieron que era mejor que me trasladase a esta casa de viejos. Ni siquiera se la quedaron ellos —se lamentó—. La vendieron como se venden cuatro cachivaches. ¡Daría cualquier cosa del mundo por volver a tener mi Biblioteca! —suspiró—. Aquí, en esta soledad, nada me acompañaría mejor.

—Si lo desea, nosotros podemos traerle esos libros —dijo Enrique—. Para eso somos Pezuñiguistas.

—¿De veras podríais traerme algunos de esos libros?

—¡Todos! —afirmó Enrique, con una rotundidad que nos conmovió.

—Ya se lo hemos dicho: ¡somos Pezuñiguistas!

—Pero, ¿qué demonios es eso de *Pezuñiguistas*?

—Un grupo secreto, señor Zúñiga, una secta contra la falsedad y el despotismo. Tomamos el nombre de su anagrama: P. Zúñiga. Pero eso es lo de menos. Lo importante es que sus libros nos han salvado de la mediocridad —dijo ahora Satur, sonriendo por el uso de esa palabra que, sin duda, le había sonado bien a él mismo.

—No entiendo nada —dijo el señor Zúñiga—. Pero si me traéis algunos de esos libros, no dudaré en hacerme yo también Pezuñiguista —comentó riéndose.

—Es una promesa, señor Zúñiga, y un Pezuñiguista jamás falta a una promesa —dijo Enrique, embarcándonos a todos en algo que ninguno habíamos decidido.

Yo permanecí callado, sin saber cómo íbamos a cumplir aquella locura descabellada. Y al despedirnos, conociendo a Enrique y a Satur, supuse que aquel compromiso iba a costarnos caro.

EL SECRETO DE LAS PLUMAS

En los días que siguieron, la Porqueriza adquirió un ajetreo desusado. Como conspiradores nos reuníamos en ella con el afán de discutir la manera en que debíamos sacar los libros del colegio.

Enrique era partidario de no andar con contemplaciones y echar en las maletas lotes enteros tal como nos cogieran a mano. Yo, por el contrario, prefería escoger los libros cuidadosamente, entresacando uno de cada color y volviendo a agruparlos para no dejar huecos. En cualquier caso, no me parecía conveniente que sacáramos más de uno, diariamente, por cabeza.

—Así no acabaremos nunca —dijo Enrique con fastidio—. Está decidido, hay que vaciar esa Biblioteca lo más pronto posible, ¿no? Pues, cuanto antes acabemos mejor.

Satur no sabía por quién decidirse. Por una parte, le entusiasmaba ver aquella Biblioteca vacía, en cumplimiento de nuestra promesa, pero, por otra, no deseaba que se percatasen de la ausencia de los libros antes de acabar el curso, por lo que ello pudiera influir en nuestras calificaciones.

Viendo el empuje con que Enrique defendía el desmantelamiento inmediato, aumenté mi propuesta en un afán por disuadirle.

—Está bien —dije—, saquemos entonces dos libros cada uno. Diariamente serán seis, con lo que al cabo de un mes habremos devuelto a Zúñiga aproximadamente unos sesenta y seis libros.

—¡Apoyo esa moción! —dijo Satur, encontrando en ella el equilibrio que buscaba—. Hay que saber nadar y guardar la ropa.

—Las medias tintas nunca llevan a nada. Pero, si es eso lo que queréis, lo acepto. Eso me pasa por tratar con hombres febles —y usó de nuevo uno de sus adjetivos sorprendentes.

—Una cosa más —propuse aún—. Salazar no debe saber nada de esto. Hay que mantenerlo al margen de nuestra empresa.

—¡Otra vez con Salazar! —exclamó Enrique fastidiado—. No sé qué tenéis contra él. Hasta ahora nos ha servido, ¿no? Nos mantiene informados.

—Es lo mismo. Yo no me fío de él y en esta cuestión es necesario que mantengamos la máxima prudencia.

—¿Y si no estoy de acuerdo? —preguntó Enrique, cansado ya de tantas condiciones.

—En ese caso, no contéis conmigo.

—Yo opino lo mismo —dijo Satur, que desde hacía tiempo sentía, al igual que yo, una cierta desconfianza ante Salazar y al que, en el fondo, despreciaba por sus extrañas connivencias.

—Está bien. Pero no pongáis más condiciones o lo haré yo solo.

Telescopio, en su afán deportivo, apenas si ponía atención a cuanto hablábamos y permanecía ajeno en su claraboya vigilando los movimientos del exterior. Por lo tanto, no contamos con él.

Los primeros libros salieron del colegio una semana después. Decidimos que cada uno los llevase de una materia distinta para así hacer más diversa la Biblioteca de don Pablo.

Yo opté por la Filosofía. Desde la discusión con don Corpus mi interés por esta materia había ido en aumento, aunque siempre me embarrancaba en sus textos y no lograba salir de las primeras páginas. Elegí la *Metafísica*, de Aristóteles, porque estaba el primero en el estante y *El sentimiento trágico de la vida*, de Unamuno, por decisión propia, pues, aunque no lograba entenderlo, ejercía sobre mí una extraña fascinación.

Satur prefirió la ciencia y tomó dos volúmenes de la *Evolución de las especies*, de Darwin, a quien atribuía el fundamento, creo que sin justeza, de todas sus opiniones.

Enrique, a su vez, llevó consigo el *Quijote*, tal vez por no decepcionar al señor Zúñiga, ya que él no lo había leído, y, sin cumplir nuestro pacto de sólo dos ejemplares, echó mano también de varios libros de poesía, y del *Doctor Jekill y Mr. Hyde*, de Stevenson, su novela preferida.

Eso fue el primer día, después no volvimos a mirar los títulos y tal como nos venían a la mano introducíamos los volúmenes en la cartera y salíamos del colegio con el sigilo propio que requería la ocasión.

A la semana, en efecto, estaban en casa de Enrique los veinticuatro libros previstos, más los que éste se encargó de añadir por su cuenta.

Llegado el sábado, y aprovechando que no teníamos clase, los embalamos en cajas de cartón y, colocados en los transportines de nuestras bicicletas, nos dirigimos hacia el Pozo Santo con la intención de hacer ver a Zúñiga el cumplimiento de nuestra promesa.

La monja salamanquesa, como había bautizado Satur a la que nos recibiera el primer día, volvió a acogernos con agrado. Nos alabó la caridad que hacíamos visitando a los ancianos y rayó en el entusiasmo cuando supo que en aquellas cajas traíamos libros para don Pablo.

Aparcamos las bicicletas en el claustro y nos encaminamos hacia el "escritorio" de Zúñiga, como le llamaba la monja.

Cuando don Pablo nos vio aparecer con las cajas se le iluminó el rostro. Nos confesó que aún dudaba de nuestra insólita aparición. Colocamos los embalajes en el suelo y los abrimos ante él. Entonces no pudo contenerse y exclamó:

—¡Dios mío, no puedo creerlo!

Uno a uno fuimos sacando los libros de las cajas y colocándolos en la mesa. Don Pablo los tomaba en sus manos con fruición, como si los acariciara y reconociera en ellos el tacto de otro tiempo olvidado. Los hojeaba con ansiedad, se detenía en páginas que parecía reconocer y, alternativamente, nos miraba expandiendo una sonrisa en su carota inmensa y desproporcionada. Y en todos ellos, abiertos sobre la mesa, se hallaba, como una realidad resplandeciente y ostentosa, el emblema de los Pezuñiguistas.

Don Pablo no cabía en sí de gozo. Parecía como si otra vez se le iluminasen los ojos, ateridos de oscuridad durante mucho tiempo. Le brillaban como estrellitas por debajo de las lentes que usaba para leer, y pasaba las hojas con suavidad, como si temiera que en cualquier momento fuesen a desvanecerse.

Viéndole así, no pude evitar tener un extraño pensamiento, una especie de cruel paradoja: en aquellos libros hallaba yo una senda incierta que me auguraba un mundo nuevo y me proporcionaban armas para adentrarme en el futuro; en cambio, don Pablo parecía hallar el mismo placer en el camino opuesto, en volver por las sendas olvidadas, en retornar al punto de partida. Como si en la vida todo fuese un viaje de ida y vuelta.

La voz de Enrique acabó sacándome de mi meditación:

—¿Y estas plumas? ¿Para qué son?

Don Pablo soltó el libro sobre la mesa.

—¡Por fin alguien se interesa por mis plumas! —exclamó ilusionado—. No las he abandonado jamás. Durante más de quince años las he ido coleccionando. Después las traje conmigo a esta prisión. Pero hasta hoy nadie se ha interesado por ellas.

—Pero ¿para qué son? —pregunté yo ahora observando la enorme variedad de plumas de aves, de todos los colores y tamaños, colocadas cuidadosamente en los estantes, y que ya el primer día nos habían llamado la atención.

Don Pablo se acercó al estante y tomó uno de los girasoles en el que había pinchadas varias plumas de color negro. Se las acercó a la cara y les sopló con fuerza, desprendiéndoles el polvo que el tiempo había depositado sobre las mismas.

—Son plumas de escribir —dijo—. Verdaderas plumas de escribir. Instrumentos de un arte olvidado y del que yo conozco todos sus secretos.

Los tres nos quedamos mirándole. Depositó la cabeza del girasol sobre la mesa y tomó una de ellas, a la que le pasó la mano para darle compostura. Era una pluma negra y brillante, que al contacto con la luz reflejaba tornasoles rojos y morados.

—Esta es una pluma de cuervo —aclaró—. La más negra de las aves. Es pluma elegíaca donde las haya. Con ella escribieron en otro tiempo todos los que se condolieron de la vida y sus penalidades. Y aunque dicen que el cuervo es símbolo del hijo desagradecido, Manrique, para desmentirlo, escribió con ellas las *Coplas por la muerte de su padre*. Además, el cuervo es también símbolo del poder de Dios, porque aun siendo ave maligna se doblega a Su voluntad y lleva en el pico el pan para los ermitaños.

Enrique permanecía con la boca abierta y sin pestañear, ganado por la magia con que don Pablo hablaba y la curiosidad de las cosas que decía. Después tomó la pluma y la sumergió en uno de los botecitos de tinta y sobre una hoja escribió: *Cum subit illius tristissima noctis imago*, y nos lo dio a leer sin que entendiésemos nada.

Satur y yo, con algo menos de entusiasmo, nos miramos el uno al otro sin saber muy bien qué pensar sobre lo que decía don Pablo.

—Creen algunos —continuó— que con esos bolígrafos de tinta enlatada puede escribirse cualquier cosa. Yerran. Así les falta emoción, no hay vida en sus escritos. Si conocieran la antigua sabiduría de las plumas, verían las diferencias —a medida que hablaba parecía emocionarse, como si quisiera mostrarnos algo que nadie parecía querer escuchar—. Hay que conocer, antes de escribir, las aves de las que se extrae la pluma, saber su condición, sus cualidades. Y aun así debe precaverse uno, pues si la pluma de gallo, por ejemplo, es la justa para escritos morales, ya que —y volvió a usar el latín— *Gallo iacentes excitat et somnolentes increpat*, no obstante hay que cuidarse de que no sea gallo capón, pues en ese caso toda su fortaleza quedaría rendida.

—¿Qué es capón? —pregunté, sorprendido por esa particularidad.

—Es un gallo al que se le quita su varonía de pequeño y sólo vive para comer y engordar, sin tener trato con hembras.

Enrique soltó una carcajada.

—Don Corpus es gallo capón —dijo Satur, haciendo que nos riéramos.

Yo no daba crédito a lo que estaba oyendo. Me parecía mitad fábula mitad sueño. Don Pablo hablaba con tal seriedad y convicción que no cabía lugar para reírse. Pero sobre todo me admiraba que al hablar parecía inspirado, sumergido en su propia reflexión, como si en realidad hablase consigo mismo.

—¿Y para la poesía? —preguntó Enrique cada vez más entusiasmado—. ¿Qué pluma es la indicada para la poesía?

Don Pablo se acercó al estante y extrajo de uno de aquellos avisperos una pluma blanca, larga y delicada, que acarició entre sus manos.

—El cisne es el ave poética por excelencia —dijo—. En la antigua Roma los mismos poetas fingían ser cisnes. Pero, por tu edad, más te valdría pluma de pavo —y le entregó una de pavo real con la aureola en el extremo, frisada por mechas verdes, azules y oro.

Satur no desaprovechó la ocasión:

—Sí, él está en la edad del pavo.

—No es por eso —dijo don Pablo, molesto—. Cuida de esconder tu ignorancia.

—No hay duda, es un ignorante —se vengó Enrique.

—La razón es otra: la pluma de pavo es símbolo de la mujer hermosa. No en vano el pavo pertenece a la diosa Juno. El mismo Ovidio lo confirma en su *Ars Amandi*: "*Laudautas ostendit apis Iunonia pennas*".

—Mejor sería que lo tradujera, señor Zúñiga. Lo digo por mí, que soy un ignorante —dijo Satur, ironizando de nuevo.

Sin embargo, don Pablo no parecía atender a razones y seguía su discurso como iluminado.

—Un poeta joven debe dedicar sus cantos a la mujer: ella es la más bella de las criaturas.

—En eso estamos de acuerdo —dije yo, uniéndome con Satur a lo que comenzaba a ser chanza.

—En cambio, el cisne sólo canta cuando se quiere morir, como si fuera adivino de su propia muerte. Por eso su pluma es para poetas viejos, cercanos ya a su postrero día. Tal vez, sea ésta la única pluma que yo puedo aún esgrimir, junto a la de lechuza, que es pluma de sabiduría, y la sabiduría es don de ancianos porque a nuestro corazón ya nada le conturba.

Esto último lo dijo en un tono tristísimo, como si hablara desde lo más profundo de su alma.

Satur y yo dejamos de reírnos, contagiados por aquel tono de gravedad. Enrique acarició la pluma de pavo que tenía entre sus dedos. En ese silencio el grito de un cernícalo que vino a posarse en uno de los ventanucos nos sorprendió, haciéndonos dar un respingo.

Don Pablo se echó a reír.

—No nos pongamos tristes —dijo.

Y como si de nuevo volviese a la inspiración continuó señalando las plumas de los estantes.

—El halcón tiene un uso trágico pues sus alas deciden el destino de cuantos animales él cierne; el loro es voz de comedias; el cuco es falaz; el pelícano, místico; el gorrión, para andar por casa; y la paloma, epistolar, pues ella sirve de mensajera a los dioses...

En esto se oyó abrir la puerta. Apareció la monja salamanquesa con su habitual tono conciliador. Advirtió que era hora de comer y al ver a don Pablo con las plumas en la mano, se dirigió a nosotros, con aire maternal, como si estableciera una connivencia:

—¡Os han gustado las plumas? ¿Ya sabéis lo de Jorge Manrique? Aprendedlo bien, pues, excepto don Pablo, ya nadie conoce esa tradición.

Y de espaldas a él, nos guiñó un ojo, como si también nosotros diésemos por supuesto que don Pablo poseía una extraña locura.

"No seas sarcástica, tía"

En casa las cosas no iban mejor. La tristeza de mi padre que veía cada vez más lejano que volvieran a admitirle en la RENFE, le había hecho perder el rumbo de su vida. Yo no le entendía muy bien. Mis amigos tampoco. No comprendíamos que un hombre pudiese amar su trabajo hasta tal punto que faltándole éste todo dejase de tener sentido para él.

—Mi padre ha cambiado ya dos veces de trabajo —decía Satur—. El hombre ha de saber adaptarse. Es una de sus cualidades.

Eso lo había leído en alguno de sus libros evolucionistas y le parecía a él que era un rasgo de civilización. Pero en papá no parecía cumplirse esa ley. Para él no había más mundo que el de las vías del tren, las estaciones, la caldera a punto para tomar la salida. Quizá por eso, porque siempre había sido así y nunca estaba en casa más de dos días seguidos, era por lo que no me resultaba extraño que apareciese sólo para dormir. En cambio a mi madre, que se había sumado insensiblemente a su tristeza, se le hacían las horas interminables, plagadas de incertidumbre, hasta que le veía aparecer por la puerta.

Por aquel entonces, la bebida parecía ser ya su único aliciente. Mamá trajinaba por la casa sin prestar atención, distraída y ausente. Hacía sus faenas con automatismo, como si no pudiese dejar de pensar en otras cosas que le rondaban la cabeza. Por eso apenas hablaba conmigo y yo procuraba estar lo menos posible en casa, porque tampoco sabía qué decirle. En ese tiempo fue, sin duda, cuando más viví en compañía de los Pezuñiguistas. Se habían convertido en mi verdadera familia. Con ellos pasaba casi todo el día y, excepto a las horas de comer, o estaba en la calle o me hallaba en sus casas.

La casa de Enrique, sobre todo, era una delicia. Daba gusto ir a merendar allí. Su madre era una mujer encantadora. Nos trataba siempre con alegría y afecto y nos servía los más exquisitos bollos de leche que en mi vida haya probado.

En aquella casa se respiraba un aire especial, sobre todo se notaba un agradable liberalismo de ideas que nos permitía concurrir en conversaciones en otros sitios vedadas. De todos los nuestros, era su padre el mejor situado y el que poseía una mayor cultura, sobre todo en lo relativo a asuntos científicos. No obstante, y como casi todos los hombres, también él tenía su frustración, que en su caso no era otra cosa que la de no haber sido médico.

Según contaba, la guerra le había impedido llevar a término los estudios de medicina, que hubo de abandonar en el primer año dadas las necesidades que su familia padeció. Con sus aún parcos conocimientos, se agenció, entonces, un diploma de practicante y se dedicó a poner inyecciones a diestra y siniestra en todos los "culos" de la vecindad, como, con buen humor, solía decir. Aquello le proporcionaba importantes ingresos y hubiese ganado mucho dinero, según él, si se hubiese dedicado más intensivamente al asunto. Pero cansado de nalgas y dosis de penicilina y alentado su corazón por el antiguo sueño de Galeno, aprovechó la ocasión de cubrir una plaza de ayudante de forense, lo cual al menos le mantenía cerca de la carnemomia en la que, según decía, se hallaban inscritos los secretos de la vida y de la muerte.

A Satur y a mí nos entusiasmaba oírle hablar. Todo lo contrario que a su hijo, a quien los intereses de su padre le parecían verdaderos delirios positivistas.

Lo que más nos encantaba era conseguir –lo cual, dicho sea de paso, no era difícil, ya que en su casa no tenía buena audiencia– que nos relatara asuntos truculentos o sospechas de asesinatos. Conocía todos los secretos del envenenamiento, las pócimas que no dejaban vestigios, los productos químicos que paralizaban el corazón en un santiamén o que dejaban el hígado hecho un trapo para siempre. Se detenía en enseñarnos el tiempo transcurrido entre un golpe y la situación del hematoma, la posición del asesino por la hendidura de la herida, la importancia de un cabello, en fin, una diversidad de detalles que a nosotros nos divertían y a Enrique le fastidiaban. A veces, como un Polifemo de la ciencia colocaba su ojo en el microscopio y nos invitaba a mirar para que nosotros viésemos también las maravillas microcósmicas, que después nunca atinábamos a distinguir. Enrique en todo ese tiempo escuchaba discos y se mantenía al margen de nuestro entusiasmo.

Fue en aquella casa donde descubrí que el lenguaje poseía un poder oculto, una doble faz que hasta entonces yo desconocía, y esto a pesar del tono andaluz que poseían todos los miembros de la familia y que a mis oídos parecía vulgarizar cualquier conversación.

Fue una tarde de esas que íbamos a merendar. Una de las tías de Enrique, que solía visitarles, hizo una apreciación sobre el buen gusto con que tenía decorada su habitación. Yo lo vi normal, dado que a mí también me gustaba aquella colección de llaveros y emblemas colgados en la pared, pero, al oír el halago, Enrique repuso:

—No seas sarcástica, tía.

Aquella expresión se me clavó en el pensamiento como un dardo. No sabía qué significaba. Jamás la había oído utilizar a nadie. Sin embargo, por el tono de la frase tuve la impresión de que no había entendido nada, algo así como si todo se hubiese dicho en un sentido distinto.

Miré a Enrique con admiración, como siempre lo hacía, sonreí al verle a él sonreír, pero no me atreví a mostrarle mi ignorancia. Toda la tarde me la pasé repitiendo en mi interior aquella frase: "No seas sarcástica, tía. No seas sarcástica...", como si vislumbrara tras aquellas palabras mágicas un poder oculto, un entramado de cosas que sólo se poseían si se sabían nombrar. De repente, presentí que el lenguaje era un vehículo para entrar y salir del mundo. Tal vez esto no lo entienda quien desde pequeño haya estado acostumbrado al uso de esas palabras, pero en mi caso no era así.

Al llegar a casa busqué ansiosamente en el diccionario. Aún no he olvidado aquella columnita exigua:

Sarcasmo: ironía mordaz y cruel.

Al leerla, entendí que a la tía no le había gustado nada aquella decoración, que más bien se había burlado de ella. Fue entonces cuando me di cuenta del poder de la lengua, como si en ella estuviese inscrito qué podemos entender y qué no, qué somos y quiénes somos. Aún no sé por qué me impresionó tanto aquella expresión, lo cierto es que todavía hoy cuando quiero expresar admiración por algo suelo decir: "No seas sarcástica, tía", sin que nadie sepa por qué.

Fue en aquellos días también cuando sucedió en casa algo que marcó el clima en que íbamos a vivir durante algún tiempo. Cierta mañana llamaron a la puerta. Yo abrí. Un desconocido preguntó por mi madre. Por el tono en que lo hizo, adiviné que de nada bueno se trataba; así que cuando mi madre le recibió y le hizo pasar yo les dejé a solas, pero sin perderlos de vista desde la habitación contigua.

Les veía gesticular, sin escuchar apenas lo que decían. El hombre parecía correcto y hablaba muy despaciosamente, como si midiese sus palabras. Mi madre, por el contrario, se mostraba muy nerviosa y en un momento determinado se echó las manos a la cara y prorrumpió a llorar. El hombre se encontraba azorado y se expresaba entrecortadamente, como si cumpliese un encargo difícil también para él. "No puede seguir... La bebida... Sin responsabilidad." Estas y otras palabras logré entenderlas. Después abrió un maletín que llevaba consigo. Mi madre sacó un pañuelo y se secó las lágrimas. Miró los papeles sin atención. Apenas duró unos segundos más la entrevista. El hombre se levantó y se despidió con mucha cortesía. Mi madre hizo un esfuerzo por abrirle la puerta y la cerró tras él. Entonces se dejó caer sobre la butaca y lloró desconsoladamente y sin recato. Yo no me atreví a salir, porque me parecía entender, y permanecí en mis cosas llorando también.

Algunos días después, madre me dijo que había que utilizar mi cuarto. Que a partir de entonces dormiría en el de la abuela.

—Desde la semana que viene tendremos un huésped, Miguel. Así que te cuidarás de no triscar por la casa y dejarás tus cosas recogidas y no por el medio, como sueles hacer.

Al principio no entendí muy bien, pero recordé que en el barrio había otras familias que tenían huéspedes: viajantes que pernoctaban algunos días a la semana, enfermos que visitaban el hospital central desde los pueblos, o simplemente gente que trabajaba eventualmente en Sevilla; y supuse que íbamos a hacer lo mismo. Estuve a punto de decirle que no lo hiciera, que me daría mucha vergüenza convivir con un desconocido. Pero me di cuenta, por la firmeza con que entrelazó sus manos, que la decisión estaba tomada y que en nada la cambiarían mis quejas.

—¿Por qué, madre? —pregunté, sin embargo.

—Nos hace falta el dinero, Miguel, y tu padre no está en condiciones de traerlo.

Fue la primera vez que me habló tan francamente, sin tapujos. Y en el fondo, se lo agradecí.

¿ES LA CARA EL ESPEJO DEL ALMA?

Pasada la primavera, en los primeros días del verano, cuando las sandías más tempranas comienzan a estar en su granazón, Enrique cayó en la trampa que le tendieron los ojos azules de Margarita. Dejarse crecer la barba, cuatro pelos abandonados a su suerte en toda la línea del mentón y algunos más en la barbilla fue el primer síntoma de ese desatino. Su natural delicado y ensoñador se tornó ahora en rara melancolía y se le veía por el colegio enajenado, desentendido de todo cuanto antes llamaba su atención.

En ese trance no quería ni oír hablar de los Pezuñiguistas. Se reía de nosotros, vituperaba a la sociedad y afirmaba que aquello no era sino un juego infantil para quienes no teníamos nada mejor que hacer con nuestro corazón.

Durante algunos días Satur se sintió profundamente dolido por aquel desprecio extemporáneo con que ahora nos salía, máxime cuando había sido él quien con más ahinco había tramado todas aquellas desmesuras. Esto, unido a la terrible pedantería de la tal Margarita, hizo que Satur se empeñase en una cruzada por desterrar de la vida de Enrique a "la Bruja", como él la llamaba, y volverle así a su natural cordura.

Si los poetas ven alentadas sus obras con la llegada del amor y en su persecución consiguen sus más exaltados logros, a Enrique, por el contrario, aquel sentimiento le entontecía hasta la estupidez. Sus poemas, transidos, cuando no de refinamiento irónico, de profundas meditaciones sobre la existencia, se volvían ahora enclenques y melifluos, salpicados de lugares comunes, blandos y llorosos como los de cualquier sacristana que embobada por las imágenes de su iglesia diese repentinamente en poeta. Se pasaba el día escribiendo versos desmayados y sin pulso, forzando rimas, destellando ripios. Cada mañana aparecía con el último vómito de la noche anterior y nos martirizaba los oídos con las delicadas virtudes de su "tesoro", su "ángel", el "ama de su corazón". ¡Algo asqueroso! Estaba irreconocible. ¡Un verdadero desastre!

Durante el tiempo que le duró el embeleso hubimos de desistir de otros propósitos y postergamos para mejor ocasión la tarea de los libros.

Aquel mal le había hecho perder también el afán por la discusión que tanto le tentaba, y si asistía a la Porqueriza era porque nada del exterior le conmovía y, al menos allí, al resguardo de los demás, podía recogerse en sí mismo y darse a ensoñaciones sobre su amada.

Mientras él subía a las nubes melifluas de su paraíso, nosotros permanecíamos en tierra, precaviéndonos de los peligros de la Bestia que comenzaba a percatarse de nuestra ausencia en los recreos y atentos a cualquier indiscreción de Salazar que, cercanos ya los exámenes, había abandonado nuestra compañía y permanecía el día acodado en las primeras bancas ganando con su sonrisa la gracia que su inteligencia le negaba.

Sólo en una ocasión logró Satur sacar a Enrique de su mutismo y engolfarle en una discusión. Fue con motivo de la lectura de uno de sus poemas.

—Escuchad esto —dijo Enrique.

Y adoptando un fingido aire lírico, comenzó:

—A Margarita.

Satur carraspeó varias veces con socarronería. Enrique esperó el silencio y entonces continuó:

> *¿Es tu rostro la Beldad?*
> *¿Son tus ojos esmeraldas?*
> *Si es verdad eso que dicen*
> *de la cara,*
> *que es el espejo del alma,*
> *tú no eres de este mundo*
> *sino el ángel de mi guarda.*

Al acabar, Satur no pudo contenerse y prorrumpió en un resoplido mitad risa, mitad desprecio.

—¿Qué os parece? —preguntó Enrique, volviendo en sí.

—Para echárselo a los perros —dijo Satur sin miramientos.

Yo no pude aguantar y solté una carcajada. Enrique apretó la mandíbula y repuso:

—Es lo que acabo de hacer.

—Ah, ¿sí? Y mañana se lo echarás a Margarita, ¿no es eso?

Satur le devolvía con habilidad la puñalada.

—Oye, ¿por qué te pones nervioso cada vez que hablo de ella? ¿No será que te gusta pero con esa estatura tuya no tienes nada que hacer?

—Esa niña no me llega ni a la punta del zapato —se defendió Satur.

—¿No crees que te estás pasando? —dijo Enrique en un tono amenazador.

—Aquí el único que se pasa eres tú con esa sarta de pamplinas —y, remedando su voz, dijo con acusada entonación:

> *¿Es tu rostro la Verdad?*

—Yo no he dicho la Verdad —replicó Enrique.

—A mí también me pareció oírlo —apoyé a Satur.

—Tú eres tan inculto como ése. Yo he dicho la Beldad.

—Y qué pasa, ¿que ahora se escribe con ele?

—Si no distinguís la Verdad de la Belleza cómo queréis enjuiciar mis poemas. No está la miel hecha para la boca del burro.

—Me parece que últimamente piensas poco, Quique. No se te oyen más que lugares comunes, refranes, tópicos. Cada vez te alejas más de Don Quijote y te pareces a Sancho. Ahora entiendo que hayas encontrado una Aldonza y no una Dulcinea.

—¡Hombre! No me digas que ahora te interesan los símiles literarios. Tú que no has leído más que la guía de teléfonos.

—Al menos esa lectura no me abotargó como a ti, que pareces haber perdido la razón.

Cuando discutían así se ponían estupendos. En esos casos yo me callaba y tomaba partido unas veces por uno y otras por otro. Pero no entraba en la discusión. Eran tan ágiles con la lengua, que me parecía mentira que pudiesen ocurrírseles tantas cosas. Y si hubiese intentado contender con ellos a buen seguro que no les habría durado más allá de la segunda réplica. Satur, sin duda, era más agudo, pero Enrique poseía más recursos.

—El sueño de la razón produce monstruos —atajó.

—Siempre me sales con ésas. Pero ¿sabes lo que te digo?, que eso no quiere decir lo que tú crees. Todo lo llevas a tu huerto.

—Y ¿qué quiere decir, sabiondo?

—Que cuando la razón se duerme no hay más que ensoñaciones monstruosas. Como ese poema que acabas de leernos. *¡La cara es el espejo del alma!* —volvió a remedar la voz de Enrique—. ¿Qué quiere decir eso? ¿Puedes aún creer en esa estupidez?

—¡Por supuesto que la creo!

Esa era otra de sus actitudes, no sólo de Enrique sino también de Satur: jamás enmendaban una plana. Una vez dicho algo lo sostenían aunque para ello tuviesen que desdecirse de afirmaciones anteriores.

—¡Por supuesto que creo que la cara es el espejo del alma!

—¿Ves? Eso es lo que me preocupa, Quique. Que cada día te alejas más de la razón. ¡Posees un pensamiento animista!

—¿Qué es animista? —pregunté yo ahora, que a veces no las veía pasar.

—Que piensa como los salvajes, Miguel. ¿No te das cuenta? Nuestro amigo es de los que creen que los árboles tienen alma, que las cosas tienen vida, que comunican sus intenciones a quienes las saben escuchar, que Margarita es un ángel y... yo un demonio.

—¡Tú no crees en el alma y no puedes entenderlo, Saturno de las narices! ¡Por eso eres capaz de devorar a tus propios hijos!

—La razón está por encima de la paternidad. Y más en los dioses. Si no, recuerda aquello: *Padre, aparta de mí este cáliz.* Y el Padre contesta: *No, hijo, no. Te ha tocado y te lo tienes que beber.*

—Blasfema, blasfema, Saturno maldito, así demuestras que nada sabes del espíritu.

Me pareció que debía intervenir.

—La verdad, Enrique, yo sí creo en el alma y, en cambio, no me parece que el rostro sea espejo de nada. Se tiene la cara con la que se nace y no hay forma de cambiarla.

—Me parece que te estás pervirtiendo, Miguel. Con razón dicen en tu tierra que *quod natura non dat, Salmantica non praestat.*

—Eso te lo enseñé yo. Así que no me vengas con copias que va a llevar razón Satur: que sólo sabes refranes.

—Está bien, con que Margarita lo crea nadie más me importa en el mundo, y menos que nadie vosotros dos.

—Esa Margarita es tonta y tú idiota por halagarle el oído.

—No empieces a insultar, Satur.

—Me enfurece la tontería humana, ¿sabes? Decir que la cara es el espejo del alma. ¡Es una sandez!

—Será lo que tú quieras, pero yo veo la cara de alguien y al instante imagino cómo es.

—¿Tú? Tú que no sabes calcular cuántas son seis por seis —dijo Satur en su habitual tono irónico—, ¿dices que eres capaz de calcular la psicología de una persona con sólo verle la cara?

—Pues sí, aunque no te lo parezca. Algunos tenemos un sentido especial para captar esas cosas. La cara es un libro abierto que puede leerse.

—¡Muy bien! —aplaudió con sorna Satur—. ¡Sigue con tu dichoso animismo! A ver si logras que te chismorreen las piedras.

Intervine de nuevo:

—A mí me parece que no llevas razón, Enrique. Cuando decimos la cara, tal vez estamos queriendo decir los gestos, la expresividad, la forma de hablar... Ahora, la cara, lo que se dice la cara, yo creo, como Satur, que por sí misma no dice nada.

—¡Cómo que no dice nada!

—Bueno, ¡que no expresa nada objetivo! —dije exasperado por su tozudez—. Y si no podríamos comprobarlo mirando la cara de un ser sin expresión, de un muerto, por ejemplo. A ver qué dice.

Cuando lo dije pensé que era sólo una ingeniosa ocurrencia. Sin embargo, al oírlo, a Satur se le iluminaron los ojos. En cualquier otro sitio del mundo aquello hubiese sido un disparate, pero entre nosotros era una verdadera posibilidad. En efecto, el Departamento Forense no estaba lejos del Instituto y Enrique podía entrar y salir con facilidad, dado que su padre trabajaba en él.

Como antítesis espiritual de su hijo, el padre de Enrique se sentía defraudado, en su fuero interno, por los derroteros que tomaba su hijo, siempre más dispuesto al embeleso de las poesías que al de las fórmulas. No obstante, el hombre no cejaba en su empeño de atraer al vástago a la ciencia y alejarlo de todas aquellas fantasías, y procuraba a menudo que asistiera a sus trepanaciones, con el fin de que fuera endureciéndose y aceptando la crudeza de la realidad. A Enrique nada de esto le gustaba y le mandaba cartas anónimas a su padre donde le remitía, una y otra vez, copia de un poema de Bécquer, aquel de *¡Dios mío, qué solos / se quedan los muertos!* De esta guisa, padre e hijo andaban metidos a redentor el uno del otro, convencidos ambos de la verdad que poseían y del desvarío en el que el otro se hallaba. Advertimos, pues, que mi propuesta no era en exceso descabellada y que podría servir de confirmación a lo que decíamos. No se me ocurrió pensar que Enrique, con su habitual agudeza, iba a decir:

—Esa prueba del muerto no tiene valor alguno. Precisamente yo defiendo, junto con otros muchos, que el alma abandona el cuerpo después de la muerte y que, por tanto, si nada se reconoce en la cara es porque el espejo sin ésta es como si perdiese el azogue y quedase, así, ya enturbiado para siempre.

La agudeza de Enrique no desanimó a Satur, quien, vivamente atraído por la idea, insistió una y otra vez, no tanto porque aquello fuese a servir de confirmación a sus razones sino porque le seducía estar junto a un muerto, como si con ello enfrentase a cara descubierta y sin temor la finitud de la vida, y se cerciorase definitivamente de que este mundo es el único en que podemos creer.

Enrique accedió por fin a llevarnos, aunque su interés era distinto, pues la presencia de aquellos cadáveres, la materia inerte, aquella quietud de lo que antes había sido puro movimiento, no hacían sino confirmarle su creencia en la otra vida.

No tuvimos problema alguno para franquear la entrada, pues tanto el portero como el celador reconocieron al punto a Enrique y le saludaron afablemente. Subimos a la segunda planta, donde se hallaba el despacho de su padre, convencidos de que sería de su agrado vernos por allí, ya que en varias ocasiones nos había invitado a asistir a sus disecciones. Pero estaba cerrado con llave, lo cual indicaba que debía de haberse marchado ya.

—¡Vaya, hombre, después de venir hasta aquí! —exclamé fastidiado por la contrariedad.

—Tampoco nos hace falta mi padre —dijo Enrique—. Yo sé dónde están los muertos. Si no está cerrado con llave, podemos entrar.

Satur y yo nos quedamos mirándonos. Enrique no le daba importancia a aquello, tantas habían sido sus visitas; para nosotros, en cambio, era la primera vez, y la verdad, ahora, tan cerca, daba un cierto repeluzno. Sin embargo, Satur, por mor de su fama de racionalista, no estaba dispuesto a reconocerlo, y dijo:

—Está bien, vamos. Tú indicas el camino.

La *fiambrera*, como la llamaba Enrique, estaba en la planta baja. Según su padre porque los muertos tenían dificultad para subir en los ascensores. Hacia ella nos encaminamos. Los pasillos, lejos del ajetreo de todo el día de médicos y enfermeros, estaban en silencio y poseían una luz débil y mortecina.

El celador se había marchado ya y sólo debía de quedar el portero en la garita de la entrada.

—Será mejor que no nos vean —dijo Enrique—. No les gusta que ande gente por aquí. A veces hay muertos que están *sub iudice*.

—¿Qué muertos son ésos? —pregunté yo.

—Están a la espera del dictamen de los forenses y nadie puede tocarlos.

De repente la luz del pasillo se extinguió. Probablemente el celador la había apagado al momento de marcharse. Nos quedamos a oscuras. Una mano se posó en mi hombro.

—¡Qué haces! —dije, dando un respingo, al ver que era Satur quien me había tocado.

—Nada, me cercioraba de que eras tú.

—No vuelvas a tocarme sin avisar.

—Seguidme —dijo Enrique.

Al fondo del pasillo se veía una luz que salía a través de una puerta de cristales. Llegamos hasta ella. Tenía los cristales esmerilados.

—Esta es la Sala de Duelos —advirtió Enrique, adquiriendo un tono cada vez más solemne, como cuando se ponía romántico y nos declamaba la *Desesperación* de Espronceda.

—¿Qué es la Sala de Duelos? —pregunté.

—Donde vamos a batirnos, ¡no te fastidia! —apuntó, creo que muy nervioso, Satur.

—Aquí presentan a los muertos en unas vitrinas para que sus familiares puedan verlos antes de encerrarlos en los féretros —volvió a explicar Enrique en ese tono profundo que se le iba poniendo.

Empujamos la puerta; era de muelles, una de esas que después de entrar se quedan un rato abricerrándose.

—¡Pssssch! No hagáis ruido —dijo Enrique.

—¿Dónde están los muertos? —preguntó Satur.

Yo tampoco los veía por ningún sitio.

—No hay ninguno —dijo Enrique, comprobando, en efecto, que las vitrinas estaban vacías—. Hoy no los han expuesto. No habrá ninguno reciente. En ese caso, tendremos que verlos en la Sala de los frigoríficos.

Yo entonces me atreví a decir que si querían podíamos dejarlo para cuando estuviese su padre, que ya él nos lo enseñaría.

A Satur le hubiera gustado decir lo mismo pero no se atrevió por no mostrar debilidad.

—Está aquí al lado —dijo Enrique—. Venid conmigo.

En la misma habitación donde estábamos había una puerta que comunicaba con la Sala de los frigoríficos. Entramos. Sólo una luz de emergencia permanecía encendida. Enrique pulsó un interruptor y la habitación tomó un aspecto luminoso, con ese blanco propio de todos los hospitales.

—Estas son las cámaras —dijo señalando toda una pared que estaba llena de portezuelas de cinc, con cierres herméticos, iguales que los frigoríficos de los bares. Estaban relucientes, tanto que se nos veían las caras deformadas y ridículas en su superficie, a modo de espejos de la risa pero sin gracia.

—Acabemos de una vez —dijo Satur metiendo prisa.

Enrique tiró del picaporte y abrió uno de los compartimentos.

—Vaya, aquí no hay nadie.

Volvió a cerrarlo y abrió otro. En el mismo umbral del hueco aparecieron las plantas de unos pies con un color tan amarillo que a mí me entró de pronto un hipo enorme.

—Este sí está lleno —confirmó Enrique, quien comenzó a manipular aquello como si lo hiciese cotidianamente.

Tiró de una barra que había a los pies del muerto y todo el cuerpo de éste salió afuera en una camilla que rodaba sobre unas ruedecitas engarzadas en unos rieles.

Ahí lo teníamos. ¡Dios mío! El hipo se me hizo más constante.

Era un muerto de unos cincuenta años, enorme, con una panza abultada, desnudo de pies a cabeza, con el cuerpo cerúleo y un hematoma amoratado en el pecho.

Uno de los ojos lo tenía abierto, con la pupila turbia, como si se le estuviese vaciando.

El hipo se me aceleró.

—¡Quieres dejar de hacer ruidos! —me recriminó Satur, que a todas luces estaba tan nervioso que comenzaba a perder los estribos.

Excepto Enrique, yo creo que los dos habíamos perdido el color.

—Bueno, venga, miradlo; ¿no queríais ver si la cara es el espejo del alma?

Ninguno de los dos sabíamos qué hacer. La cara de aquel pobre hombre era horrible: además del espanto del ojo medio turbio, tenía la boca entreabierta, dejando ver unos dientes podridos y desiguales y la punta amoratada de la lengua asomando entre ellos.

Si el rostro es el espejo del alma aquel desgraciado era el mismísimo demonio.

Satur estaba en la cabecera a uno de los lados, sin saber qué decir, mirando con los ojos desencajados. Yo en el otro lado, aún más nervioso, comencé a manipular, sin darme cuenta, una palanquita que había en el extremo de la camilla.

—¡No toques eso! —advirtió Enrique al verme.

Pero ya era tarde. En ese mismo instante el movimiento de la palanca hizo inclinarse la camilla y el muerto comenzó a resbalarse hacia abajo.

Satur, aturdido, al ver que el muerto se nos caía, intentó echarle mano por donde pudo y le agarró de los pelos, pero el cadáver, al que habían hecho la trepanación, tenía la tapa del cráneo casi suelta y Satur se quedó con ella en las manos, mientras el muerto resbalaba hasta caérsenos al suelo.

Satur, al verse con la tapa del cráneo en la mano, la soltó como si le quemara los dedos y la lanzó contra mí, que me cayó en un hombro manchándome de sesos.

El hipo ya no era intermitente, sino continuo, como un aullido nervioso.

El muerto se había retorcido cogiendo, sin duda, una mala postura. En el interior de la cabeza abierta se veía una pelota de papel de periódico con la que le habían rellenado el cráneo después de extirparle el flan de cerebro.

El estruendo del golpe atrajo la atención de alguien, de quien oímos sus pasos que venían hacia nosotros.

Enrique prefirió no tener que dar explicaciones y sacándonos a empujones de nuestro hieratismo nos hizo salir de la habitación por una de las puertas. Por la otra entró un enfermero y, al ver el frigorífico abierto y el muerto en el suelo, comenzó a gritar:

—¡Catalepsia, catalepsia!

A los gritos acudió el portero de la garita de entrada, instante que nosotros aprovechamos para salir por otro pasillo que Enrique conocía.

Ya en la calle nos quedamos los tres mirándonos, sin aliento. Satur estaba tan lívido que parecía uno de los de adentro que hubiese resucitado. Yo no lograba hablar y hacía ya sólo un ruido como de perro. Enrique sin parar de reír, decía:

—Conque la cara no es espejo del alma, ¿eh?, pues si os vierais las vuestras os daríais cuenta de que sí.

En una fuente Satur se lavó las manos veinte veces y yo tiré el chubasquero que llevaba lleno de tripajos en una papelera y por más que me lo preguntaron nunca dije a mis padres dónde lo había perdido.

LA PLUMA DEL AVE FÉNIX

Como el corazón es audaz pero poco perseverante, no tardó Enrique en ceder a la cordura y volver a su natural de siempre. Para ello fue menester que la "cultalatiniparla" de Margarita le saliera con aquellas de que prefería el realismo social y no las poesías decimonónicas con las que Enrique pretendía elevarla al cielo de las Musas.

—Me parecen caducas e infantiles. Hay problemas más graves en el mundo: por ejemplo, el hambre, la injusticia...

Enrique no le repuso, pero a partir de ese momento se habían acabado las poesías, y su musa quedaba convertida en una "arpía con la cabeza llena de patrañas".

—Teníais razón, era una bruja. Pero a menudo los poetas caemos en el embeleso de las formas, no lo podemos evitar, somos así —decía, disculpándose.

Escarmentado, pues, de aquel espejismo de primavera, roto su corazón y desvanecidos sus sueños, volvió con renovado ímpetu a su labor de Pezuñiguista. No añoraba otra cosa, según decía, que alcanzar la verdadera sabiduría, la que sólo se alcanza alejado del mundo. Fue entonces cuando leyó aquello del *Beatus ille*... Y desde entonces no hubo para él más poeta que Fray Luis.

—Me parece que pasas de un extremo a otro, Quique. Así siempre estarás a punto de caerte por cualquiera de los abismos. No sabes medir, calcular, eres incapaz de entrar en el frío medio de la razón.

—Las cosas importantes se descubren a solas, Satur. Sólo la soledad puede ayudarnos en nuestra búsqueda, el resto son hallazgos sin importancia, bagatelas del mundo, zapatillas para andar por casa.

A mí me daba igual una cosa u otra. O mejor, me interesaban las dos. No quería perderme ninguna de ellas. En mi incertidumbre congénita, me daba cuenta de que sólo ahora comenzaba a formar mi propio carácter y que Satur y Enrique, cada uno, con sus sólidas, aunque a veces supuestas, convicciones me ayudaban a encontrarme. Por lo cual, unas veces atendía a las razones de uno y otras a las de otro, en la seguridad de que ambos poseían su parte de verdad.

—Tenemos un sabio entre nosotros y pasamos por su lado sin darnos cuenta —decía Enrique.

—Pero ¿quién es ese sabio? ¿Dónde está? —preguntaba Satur—. Porque yo no lo veo. A no ser que me pongas un espejo delante.

—Tú no sólo estás a años luz de la sabiduría, Satur, sino que, además, caminas en dirección opuesta. Me refiero a Zúñiga. A don Pablo. Ése sí que es un sabio. Y nosotros perdiendo la oportunidad de recibir sus enseñanzas. ¡Tenemos que volver a verle!

Enrique tenía la capacidad de entusiasmar a los demás en sus propias cosas. Eso era algo que yo nunca lograba, pues ni siquiera me apasionaba con mis propias ideas. En poco tiempo logró convencernos.

En esta ocasión apenas si llevamos algunos libros de la Biblioteca. Sólo aquellos que nos dio tiempo a coger la misma tarde que Enrique decidió que había que ir a visitarle.

Cuando entramos en su estancia, don Pablo no echó cuenta de nosotros, como si ahora su interés por los libros hubiese decrecido. Siguió impertérrito en su mesa, trazando signos sobre un papel con una pluma de tonos grises. Nosotros nos mantuvimos detrás y permanecimos en silencio hasta que él levantó la vista y nos miró con un gesto de desagrado.

—¡No hay forma! —gritó—. ¡Así es imposible! ¡Esas brujas tienen la culpa de todo! ¡Viejas! ¡Tengo que salir como sea!

Nosotros permanecimos en silencio, sorprendidos por aquellas imprecaciones con las que vociferaba sin atender a nuestra presencia, como si no existiésemos. Satur me miró y se echó a reír. Yo no me atreví a hacerlo, pues los ojos de don Pablo mostraban un brillo extraño e inquietante.

Enrique intentó llamar su atención.

—Don Pablo, somos nosotros, hemos traído algunos libros nuevos.

—¡Al diablo con los libros! —maldijo, levantando la mano con la que sostenía la pluma—. ¡Ninguno de esos libros valen lo que pudiese escribir si tuviese la pluma que necesito!

Satur dejó de reír y se parapetó detrás de mí al ver el tono con que don Pablo se nos acercaba.

—No vayáis a contradecirle, por lo que más queráis —nos advirtió.

Enrique, por el contrario, intentaba apaciguarle, convencido de que tal vez iba a decirnos algo importante.

—¡Todas esas plumas —dijo ahora, señalando el anaquel que las contenía— no valen lo que una sola pluma del ave Fénix! ¡Necesito una pluma del ave Fénix! —gritó, volviendo a levantar el brazo como si ordenara al universo que se plegara a sus deseos.

—¿Qué ave es ésa? —dijo Satur, que no salía de su asombro—. ¿El ave del Paraíso?

—¡No seas imbécil!

—¡Una pluma de ave Féeniiix! —vociferó.

—Tal vez lleve razón —dijo Enrique, que parecía querer descubrir un sentido oculto en aquellas palabras—. Sólo el ave Fénix resurge de sus propias cenizas. Tal vez está buscando la fórmula de la juventud eterna, como Fausto.

—Déjate de sandeces y vámonos.

Don Pablo gritaba cada vez más.

—¡Una pluma del ave Féniiiiix! ¡Traedme una pluma del ave Féééniiix!

—Sí, señor; sí, señor —le contestaba Satur, escabulléndose precipitadamente—, ahora mismo, señor...

Tras él salimos Enrique y yo y en el pasillo nos encontramos con varias monjas que corrían hacia la habitación alarmadas por los gritos. Con un revuelo de tocas se abrieron paso entre nosotros.

—Otra vez, otra vez —decía una gorda y muy anciana, que lo que hacía era estorbar y que más estaba allí por curiosidad que por ayuda—. Está chalao, está como una cabra. Hay que llevárselo. Nosotras solas no podemos con este viejo cascarrabias.

Cerraron la puerta y la curiosa se quedó fuera relatando y pegando la oreja a la cerradura.

—Siempre me dejan afuera. No quieren que yo me entere de nada. Por algo será, por algo será...

Nosotros permanecimos atónitos. Desde el interior se oían las voces violentas y entrecruzadas:

—¡Dejadme salir, brujas, dejadme salir de aquí!

—¡Agarradlo, agarradlo!

—¡Una pluma del ave Féniiix!

—Traquilícese, don Pablo, ahora le traemos una pluma de esa ave.

—¡Mentirosas, arpías! ¡Queréis parecer palomas con esas tocas pero vuestro espíritu pesa como un fardo! ¡Gallinazas!

—¡Tendedle!

—¡Dejadme!

—Ahora traerán la pluma... Todas las plumas que quiera...

Tras unos segundos de tumulto y réplicas se hizo un extraño silencio, señal de que las monjas habían ya reducido al enfermo. Entonces, suavemente, pero con una cadencia estremecedora, comenzaron a oírse unos versos que salían exhaustos de la boca misma de don Pablo:

> ¡Ay mísero de mí! ¡Ay infelice!
> Apurar cielos pretendo
> Ya que me tratáis así,
> ¿qué delito cometí
> contra vosotros naciendo…?

La monja fisgona soltó una carcajada y torció la boca:

—Ya empieza otra vez con la cantinela. ¡Pues que se vaya si no está contento! ¡Que se vaya! Aquí a nadie se retiene y menos a los que no pagan.

Y dirigiéndose a nosotros, como si tuviésemos algo que ver, dijo:

—Seis años, seis, sin ver un duro de este viejo, ni de su familia.

Y desde dentro:

> Nace el ave y con sus galas
> que le dan belleza suma
> apenas es flor de plumas…

La vieja seguía meneando la cabeza y hacía muecas y gestos con la mano y miraba al cielo suplicante, cuando en realidad más le hubiese valido mirar su propia decrepitud, es decir, su viga, no menos herrumbrosa y carcomida que la de don Pablo.

> ¿Y teniendo yo más alma
> tengo menos libertad?

Sólo entonces, al oír las últimas palabras, pareció reconocer Enrique los versos y exclamó:

—¡Calderón! Es Segismundo. ¿No lo oís? Es Segismundo quien habla.

—¿En qué quedamos, es Calderón o Segismundo? —preguntó Satur.

—¡Ignorante! Es el Segismundo de *La vida es sueño*, de Calderón.

Sería cierto, si él lo decía, pues sólo Enrique podía reconocer unos versos al oírlos. Pero ¿qué tenía que ver?

—¡Esa es la sabiduría!

—Está como una regadera —apostrofó Satur.

—Tú si que estás como una regadera. ¡No entiendes nada! Tú jamás serías capaz de preguntarte qué es la vida.

—Ya se encarga la vida de hacerme a mí las preguntas.

Por suerte, no siguió la discusión, pues en ese momento se abrió la puerta y aparecieron las monjas. Salieron todas sofocadas, con los ropajes desfigurados, componiéndose las tocas. Yo no me atrevía a moverme. Desde mi sitio, pude ver a don Pablo tendido en el suelo como si por fin toda su fuerza hubiese sido vencida.

—Hay que subir una camilla —dijo la que parecía más decidida—. Tenemos que bajarlo a su habitación.

En el suelo permanecía don Pablo, recitando cadenciosamente y de forma cada vez más ininteligible aquellos versos. Una luz azulada se derramaba desde el ventanuco y bañaba su figura en el suelo haciendo más dolorosa su corporeidad vencida. No pude evitar, al verle, recordar la imagen de don Quijote en su lecho de muerte, diciendo sus últimas verdades. Y sentí una enorme tristeza, no sólo por él, sino también, y sin saber la causa, por mí.

Dos días más tarde, aún volvimos otra vez. En esta ocasión Satur ya no quiso acompañamos. "No quiero tratos con la locura", había dicho. Mientras que Enrique insistía en que había que aprovechar hasta el último segundo el filón de verdad que aquel anciano pudiera dejarnos. Yo sí le acompañé, pero más por hacer una obra de misericordia que por otra cosa.

Al llegar, la decepción invadió el ánimo de Enrique, no así el mío, que comenzaba a aceptar el fatalismo de las cosas con resignación. Don Pablo ya no estaba en el asilo. Esa misma mañana lo habían trasladado al hospital central del que, según nos dijo la monja salamanquesa, tal vez no volvería.

Enrique insistió en ver por última vez el escritorio de don Pablo y la monja accedió, tocada probablemente la fibra sensible de su humanidad.

Todo estaba desordenado, como si en los últimos días se hubiesen librado allí tremendas batallas. Las plumas andaban revueltas por el suelo entre los libros, también dispersos. Era desolador. En la mesa y dentro de un tintero restallaba una pluma grande y roja, cuyo origen me resultaba desconocido; y junto a ella un papel escrito.

No sé por qué sentí un deseo irrefrenable de poseer aquella pluma vistosísima, que tal vez era la última que había usado don Pablo y, sin contenerme, le pregunté a la monja si me la podía llevar.

—Todas las que quieras, hijo —contestó la monja sonriendo—. Esto ya no sirve para nada. De aquí a unos días habremos de dejarlo todo limpio para otro enfermo y tal vez para otra locura. Hace años hubo uno que coleccionaba huesos de frutos.

Tomé entonces la pluma roja y la miré detenidamente: era una pluma grande, con el cañón cubierto de escamas y una banda color de oro en su extremo.

Viendo mi decisión, se atrevió Enrique a pedir también el cuadrito en el que estaba Diógenes junto a los perros.

La monja reparó en él, tal vez por primera vez.

—¿Quién es?

—Es Diógenes, el cínico —dijo complacido Enrique—. Un filósofo. Me gustaría conservarlo. No sé, me recuerda a don Pablo. La monja lo descolgó y se quedó unos segundos mirándolo, sin saber muy bien si realmente era un filósofo o un santo. Tal vez un san Jerónimo, a quien sin duda hubiese considerado más edificante. Pero no lo manifestó. En ese momento observé que Enrique aprovechaba para coger el papel escrito que había sobre la mesa y lo introdujo bajo su suéter.

La monja nos acompañó de nuevo a la salida y nos agradeció cuanto habíamos hecho por el pobre don Pablo. No dijimos nada. Nos despedimos, yo con mi pluma púrpura en la mano y Enrique con su Diógenes bajo el brazo.

Ya fuera del asilo le pregunté qué había en el papel.

—Es lo que buscaba, Miguel. ¡Es lo que buscaba! Debe de ser la última verdad que don Pablo nos entrega. Y debió de escribirla con esa pluma que tú llevas. No lo dudes, Miguel, tienes en tus manos la mismísima pluma del ave Fénix.

—Déjate de bromas.

—Mira si no.

Y sacándoselo del pecho me mostró el papel en el que, escrito con una hermosa y antigua caligrafía, podía leerse:

Igual que el árbol
que parece muerto,
llegando su hora
florece de nuevo.

Así tus ojos
cerrados y ciegos
llegando la suya
tendrán su lucero.

Yo permanecí callado, sin saber muy bien qué decir.

—¿Lo ves? ¿Lo entiendes? —preguntaba Enrique—. Esta es la sabiduría.

Después me rogó que no le dijese nada a Satur, que no quería bromas con aquello.

—Y tú, Miguel, cuida esa pluma —me insistió—. No sabes lo que tienes.

LA DESTRUCCIÓN
DE LOS LIBROS

No por menudos eran los ojos de Salazar menos penetrantes, capaces de hablar con las pupilas a las que hacía menguar o crecer no al ritmo de la luz sino al de sus deseos. Salazar era como un gato sagaz y sigiloso, con ese aspecto melifluo, suavón y desconcertante de los gatos de angora, relleno y orondo, repentinamente agresivo y necesitado siempre de las caricias ajenas. Poseía un labio inferior grande y caído, tan versátil que lograba pasar, con una mueca, de la sonrisa al llanto, del placer al asco, con sólo agitarlo.

Por eso, cuando aquella mañana le sorprendí con los ojos entornados y la boca tensa mirándome desde el final del pasillo, bajo el retrato de un prócer familiar del Director, no pude evitar pensar que andaba vigilándome; y cuando desvió los ojos, al percatarse de que los míos le observaban y se puso rojo y, como distraído, prefirió contemplar la estúpida efigie de aquel petimetre que creía sostener con el rictus de su mandíbula los hilos del mundo, presentí que nos había delatado.

Pedí permiso para ir a los retretes y subí a buscar a Enrique, que había permanecido en la Porqueriza, sin volver a las aulas, convencido de que aquellas clases no hacían sino adormecer el espíritu.

—Debemos irnos de aquí —le dije—. No estoy seguro de lo que haya podido decir Salazar, pero creo que nos ha delatado. Será mejor que no dejemos señales de nuestra presencia.

Enrique no se inmutó. Permaneció sentado en su silla, mirándome con una sonrisa que parecía compadecerse de mí.

—¡Vamos! —insistí—. Estoy seguro de que vendrán a por nosotros. No tenemos tiempo que perder.

—Yo no voy a ningún sitio, Miguel. El que quiera verme que venga aquí.

—Pero, ¡qué dices! ¿Te has vuelto loco? Pueden expulsarnos. Sabrán lo de los libros.

—Ya nadie puede expulsarme del recinto de la sabiduría —dijo, y comenzó a leerme los versos de Calderón que tenía delante y que eran los mismos que Zúñiga repitiera el último día en que le vimos.

—¡Vamos, deja ahora a Calderón! Tenemos que preparar nuestra coartada cuanto antes. Hay que ir a buscar a Satur.

—No, Miguel. Ahora sé que no hay que moverse de ningún sitio. Ahora he comprendido. ¿No te das cuenta? Todo esto no es más que una representación. Un sueño. Nada de lo que aquí pase tiene verdadero sentido. Tenemos asignado nuestro papel y no podemos cambiarlo. Eso es todo. No hay verdad. No hay más que representaciones. Al menos, en esta vida. Por eso no me muevo, y me quedaré aquí hasta que esos sicarios del mal vengan a ajusticiarme.

Dijo lo de sicarios de esa forma petulante como se dicen las palabras recién aprendidas. Su voz parecía salir de una iluminación. Otra vez se hallaba en una de sus inspiraciones extremas.

—Está bien, pero no querrás repetir el año que viene la misma escena, ¿no? Si nos pillan, repites curso, ¡mastuerzo! Y entonces, entrarás en el eterno retorno: otra vez la Bestia, otra vez don Bienvenido, otra vez don Corpus y todas las sandeces a que nos tienen acostumbrados. ¿Es eso lo que quieres? ¿Repetir un año más el mismo curso? Quizá era ésa la única amenaza a la que no podía sustraerse. Al oírla levantó los ojos y se quedó mirándome como si de repente despertara. Entonces, sonrió.

—Llevas razón. Tal vez mi papel exija más combatividad. Lo malo de esta teoría es que el papel exige lo que se hace y si hacemos otra cosa eso era lo que exigía el papel. Con lo cual podemos hacer cualquier cosa. Miguel, ¡somos libres!

—Eso ya lo veremos. De momento, vámonos.

Recogimos algunas cosas de la Porqueriza y bajamos sigilosamente para incorporarnos a los compañeros que aún transitaban por los patios. Había que avisar a Satur cuanto antes para que estuviese precavido. Enrique, no obstante, prefirió ir a ver a Salazar, sin terminar de creer que nos hubiera delatado.

—Dudo que lo haya hecho, Miguel. Salazar tiene sus defectos, es un muchacho débil, pero al final creo que siempre optaría por nosotros.

Cuando localicé a Satur lo hallé extremadamente nervioso.

—Creo que nos han descubierto —me dijo, confirmando mi opinión.

—Ya lo sé. Enrique está avisado. Ese Salazar nos la ha jugado. Deberíamos romperle la boca.

En el piso bajo había un enorme revuelo. Desde el altillo de la escalera, donde había algunos alumnos apostados, podíamos ver lo que ocurría. La Bestia entraba y salía apresuradamente de la Biblioteca, llevándose las manos a la cabeza. El Director permanecía en la puerta, con los brazos en jarra y la cara consternada. Probablemente aún no se explicaba lo ocurrido. Ahora tendríamos que responder de todos los libros que faltaban. Y, la verdad, no iba a ser fácil.

Entre el tumulto, vimos aparecer a Enrique acompañado de Salazar. Entró en la Biblioteca y volvió a salir, colocándose junto al Director. Salazar permanecía a su lado.

Aquello nos hizo temer lo peor. Enrique, sin duda, en uno de sus raptos de sublimidad, no sólo iba a confesarlo todo, sino que aún se vanagloriaría de haberlo hecho. No debíamos haberle dejado solo sabiendo que se hallaba en uno de esos estados metafísicos contra los que ninguna realidad podía combatir. Aunque parecía no quedar tiempo, decidimos bajar para prevenirle de que no dijese nada. No había pruebas de que nosotros fuésemos los autores de aquel desmán y, además, como decía Satur, había que declararse inocente por encima de todo. Eso dilataría el proceso.

—Es lo que hacen los abogados, ¿no?

Y llevaba razón, al menos así tendríamos tiempo de realizar los exámenes finales y una vez superado el curso qué más nos daba tener que cambiar de colegio.

Bajamos de prisa. Al vernos, Enrique y Salazar se separaron del Director y nos cortaron el paso. Salazar se dirigió a nosotros.

—No asustaros —dijo.

—Tú, cállate —replicó Satur, nada más verle abrir la boca.

—Calmaos —dijo Enrique—. Desde luego, ha sido una verdadera desgracia, pero no es lo que suponéis.

—¿Qué quieres decir? —pregunté.

—Seguidme, necesitarán nuestra ayuda.

Seguimos a Enrique desconcertados, y nos llevó hasta la puerta de la Biblioteca. Una vez allí, nos dimos cuenta de que el suelo se hallaba absolutamente encharcado. La Bestia se encontraba encaramado en una escalera, intentando cegar con un martillo una de las tuberías de plomo que conducían el agua. Mientras tanto, en la otra esquina aún persistía otra fuga de agua que caía implacablemente sobre el estante y que chorreaba a todo lo largo del mueble hasta inundar el suelo.

—Se han roto las tuberías —dijo Enrique—. Probablemente llevan siglos sin cambiar. El agua ha caído sobre los muebles sin interrupción. Mirad qué desastre. La mayoría de los libros están empapados y los estantes parecen haber soportado un diluvio.

La Bestia miró hacia abajo, visiblemente nervioso porque no lograba atajar el agua ni hallar la llave que interrumpiese la corriente en aquella zona del colegio.

—En vez de charlar por qué no intentáis retirar ese mueble —dijo, refiriéndose al que aún recibía el chaparrón.

El Director, mientras tanto, permanecía impasible, mirando desde afuera, como si su condición le impidiese mezclarse en el trabajo y lo diese todo por perdido ante tanta ineptitud.

Entre los cuatro y otros chicos que se hallaban allí, echamos mano del mueble y comenzamos a retirarlo, intentando alejarlo del chorro que la Bestia no lograba detener y que más bien parecía agrandar con aquellos machetazos que daba al tubo. Apenas logramos separarlo de la pared oímos un crujir de tablas como si el cuerpo de un mastodonte se desvertebrase. Salazar gritó:

—¡Cuidado, por aquí se está abriendo!

Todos soltamos y nos apartamos inmediatamente y en ese momento, tal que un navío al que se le desgajasen todas las cuadernas, el mueble se abrió por sus dos extremos y se desplomó con un estruendo ensordecedor.

La Bestia, al ver la hecatombe, estuvo a punto de caer de la escalera, si no hubiese echado mano al tubo que acabó por romperse. Los libros recibieron el chaparrón y terminaron por desencuadernarse, y otros, que aún permanecían a salvo, se hundieron en los charcos.

Cuando la Bestia se repuso del susto, bajó como un basilisco, bufando de esa manera inhumana con que solía hacerlo cuando estaba fuera de sí. Sin dar crédito a lo que veía, comenzó a lanzar imprecaciones ante nuestra torpeza, sin saber ya cómo congraciarse con el Director, que optó por abandonar el lugar seguro de que todo estaba perdido.

Nosotros lamentamos lo ocurrido. La Bestia, refunfuñando, nos ordenó que fuésemos colocando los libros en la parte opuesta de la sala, mientras él macheteaba, ya frenético, todas las tuberías, provocando nuevos salideros.

En medio de aquel desastre, nos dimos cuenta de que nadie había reparado en la ausencia de los libros y que difícilmente ahora, tras la confusión, podrían hacerlo. La alegría nos invadió en silencio; sin embargo, yo no pude evitar, al ir recogiendo las hojas del suelo, presas del agua, que un hilo de tristeza se colase por mi espíritu. Aquello era, sin duda, una imagen del fin. Como si todo lo que en tiempos fue origen de ilusiones quedase ahora yerto y sin sentido. La demencia de don Pablo parecía traer consigo también el desorden a cuanto le pertenecía: el agua anegaba la Biblioteca, los sillones estaban arrumbados, el mueble caído, roto, los libros desfoliados... Por vez primera presentí eso que llaman el poder del tiempo, y vi cómo su vorágine, a la postre, todo lo arrasa.

Cuando acabamos nuestra labor, volvimos a la Porqueriza. Ya sin temor alguno, mientras la Bestia permanecía poniendo orden en todo aquello y haciendo que los curiosos, que aún se asomaban y que por primera vez descubrían aquel maravilloso lugar, volvieran a sus clases.

Enrique se sentó en el centro de la mesa y se quedó un rato sin hablar, meditabundo. Sentí que debía dar una explicación a Salazar por mi desconfianza, ya que Satur, por su orgullo, no estaría dispuesto a hacerlo. En realidad, seguía sin gustarme aquel muchacho, pero ahora tenía una mirada más clara, más sincera, como si la confianza de Enrique le pusiese a salvo de nuestras mezquindades. Sin darme cuenta, estaba aprendiendo a comprender a quienes eran distintos a mí, a no ver en los demás sólo la parte que menos me agradaba.

Hice un esfuerzo y le dije a Salazar que sentía haber desconfiado de él, pero que también él tenía parte de culpa por andar siempre con aquel doble juego de amistades.

Pareció agradecérmelo, pues mostró en su rostro una especie de satisfacción al ver que me dirigía a él en ese tono. Entonces nos miró a mí y a Satur, con cierta claridad, como no solía hacerlo.

—Lo hago para que me echéis cuenta —dijo, y se le nublaron los ojos.

Satur hizo un gesto a sus espaldas de no creérselo, pero percibí que más bien era una defensa y que con aquellas palabras Salazar nos había conquistado por fin a los dos. Y en el fondo no le faltaba razón. De una u otra manera, nunca le habíamos prestado la atención que tal vez merecía. Le rogué que me perdonase y le estreché la mano.

Enrique, entonces, propuso silencio.

—Creo que ha llegado la hora de acabar con todo esto —dijo—. Sin Zúñiga, ya no tiene sentido continuar.

Salazar nos miró a los tres, sin entender nada, pues nunca le revelamos aquel descubrimiento.

—Estoy de acuerdo —dijo Satur.

—Yo también.

Enrique, como siempre, parecía tener preparada la escena. Extrajo el sello de los Pezuñiguistas de uno de los cajones y encendió un mechero humeante. Colocó el sello sobre la llama. Al calor de ésta, el caucho comenzó a reblandecerse hasta que se incendió por sí mismo. Enrique, entonces, levantándose y con la voz trémula que usaba para estas ocasiones, dijo:

—Ningún fuego podrá borrar jamás este sello de nuestras mentes. Y, elevando la voz, gritó: ¡Ars longa, vita brevis!

A lo que nosotros contestamos, repitiendo: ¡Ars longa, vita brevis!

Mientras tanto, las gotas del caucho hirviendo caían sobre la mesa y dibujaban sobre el tablero una figura desordenada y sin sentido.

EL HUÉSPED

El ruido de aquella máquina de afeitar me producía una extraña desazón. Todas las mañanas me despertaba turbado y molesto por su zumbido, que desde el cuarto de baño corría por toda la casa como un moscardón inquietante.

En efecto, el huésped se había instalado desde hacía ya varias semanas y sin quererlo había alterado con su presencia el ambiente del hogar. En verdad, no era culpa suya. De maneras educadas, el huésped mostraba gran cortesía en todos sus actos. Rogaba por favor lo mismo un vaso de agua que la crema de los zapatos y pedía disculpas cada vez que tropezaba con alguien por los pasillos demasiado estrechos de la casa. Sin embargo, esa cortesía suya no hacía otra cosa que aumentar la impresión de advenedizo que en la casa ocupaba, y por más que en aquel barrio los huéspedes eran asunto normal, para nosotros su presencia supuso una verdadera conmoción.

Mi madre se mostraba torpe y nerviosa, intentando siempre agradar y velando de una manera compulsiva por el silencio. Mi padre evitaba su presencia, que nunca aceptó de buena gana, permaneciendo en la cama hasta oírle marchar o llegando a casa a horas que sabía que el pupilo ya había entrado en su habitación para no salir en toda la noche. Precisamente, esa habitación era la mía. Sin duda, la más fresca de la casa y la mejor ventilada, además de hallarse en el lugar más alejado del trasiego diario. Mi madre había sacado de allí cuantas cosas me pertenecían, dejando tan sólo la cama, el ropero vacío y una mesita oscura de patas torneadas donde le servía la cena y el desayuno. Allí también habían ido a parar los dos únicos cuadros que poseíamos: uno del Tormes, con las cúpulas de la catedral al fondo, y un bodegón donde andaban al rebujo ajos y cebollas.

Yo, a mi vez, ocupaba la habitación que fuera de la abuela, donde habían venido a acumularse cuantos trastos pudieran dar al huésped la impresión de desorden en la casa. Cuando me encerraba en él por las noches no podía evitar sentirme un trasto más entre todos aquéllos, y tumbado boca arriba observaba, melancólico, antes de apagar la luz, los paraguas arrumbados, las ropas para la plancha, el costurero, los espejos de la abuela con el azogue descascarillado por el tiempo y los traslados, y, brillando entre todos ellos, la *Underwood*, una máquina de escribir que había llegado a manos de mi padre y que siempre había estado en casa aunque nadie la usase, y que desde entonces se convirtió en una buena compañera.

El huésped era un hombre discreto. Procuraba no transitar por la casa, excepto en las obligadas idas y venidas al baño que parecía restringir al mínimo. Apenas permanecía en casa más del tiempo necesario, probablemente sabedor de la turbación que nos provocaba; y los domingos, que solía tener libres, pasaba el día en la calle, alternando casas de comidas, parque y, quizá, cine. Aquella soledad suya llamaba mi atención y no llegaba a comprender cómo un hombre podía vivir solo en una ciudad, sin amigos ni familia. Eso era así, porque siempre que me lo tropezaba por la calle estaba solo y los domingos a partir de las seis, con el sol ya cayendo, se le podía ver en el velador de un bar cercano a casa, tras los cristales, leyendo alguna novela policíaca de esas que cambian en los kioskos.

El huésped era chófer de profesión. Trabajaba para una empresa de transportes de viajeros que poseía las cocheras muy cerca de casa. Se levantaba temprano, con la amanecida, y volvía al anochecer después de tomar algunas cervezas en los bares del barrio. Su constante ir y venir le hacía poseedor, como todos los viajeros, de objetos curiosos que los demás desconocíamos y que compraba probablemente en otras ciudades. De todos ellos, los que más llamaban mi atención eran una extraña máquina de afeitar eléctrica y un batín de seda azul de cachemira con el que paseaba por la casa cuando salía de su cuarto.

Con esa salida comenzaba el día y mi desazón: primero escuchaba, entre sueños, su despertador, un ring agudo y sonoro que él silenciaba con presteza; después, abrir la puerta y tras ello los pasos medidos y despaciosos del huésped intentando no despertar a nadie. Yo, sin embargo, lo esperaba despierto, aunque con los ojos entornados, hasta que cruzaba por delante de mi habitación, en penumbras, con el batín azul y la máquina blanca en la mano. Después oía el pestillo del cuarto de baño, los gorgoteos del agua, el rugido de la cisterna y, tras unos segundos, el zumbido del moscardón runruneándole la cara. Así hasta que se interrumpía de nuevo y volvía el trasteo de adminículos, el restregar del cepillo de dientes, el peine golpeando sobre el lavabo... y otra vez el pestillo, sus pasos, el relumbrón del batín azul ante mi puerta, la máquina en la mano... Algunos minutos después se abría y cerraba la puerta de la calle: por fin, el huésped se había marchado. Sólo entonces volvía yo a dormir tranquilo algunas horas más. Todos esos ruidos se habían convertido para mí en un plano perfecto de sus movimientos. Como a un murciélago, la oscuridad me hacía llegar el mundo a través de los sonidos.

Una noche, el huésped se puso enfermo. Un dolor lacerante debió de instalársele en el estómago. Lo supimos porque comenzó a ir y venir de su habitación al baño, donde se le oía vomitar y quejarse. Aquella situación imprevista nos puso a todos en vela. Mi padre, viendo que no se le pasaba, debió hacer de tripas corazón y salió a ver qué ocurría. Yo sólo oía los vómitos, y los pasos de un lado para otro. Después escuché llamar por teléfono y la voz de mi padre solicitando un médico: úlcera o apendicitis, oí que decía. Me arrebujé en la cama, molesto por la repentina turbación nocturna. Al poco oí un coche detenerse en nuestra puerta y la voz de mi padre hablando probablemente con el médico. Permanecieron un rato en la habitación, sin dejar de oírse los lamentos del huésped hostigado por las punzadas de dolor. Viendo que aquello no cesaba me levanté de la cama y me acerqué por si podía ayudar en algo. Las luces de la casa estaban todas encendidas, con esa luminosidad que, en la noche, proclama siempre alguna desgracia.

Esperé en el comedor con mi madre, que sólo sabía decir:

—Mira que si este hombre se nos pone ahora enfermo.

Al fin salieron el médico y mi padre y, con un tono nada tranquilizador, aquél le preguntó:

—¿Es familiar suyo?

—No, es un huésped. Lleva sólo mes y medio con nosotros.

—Probablemente tenga una perforación de estómago. Pero, además, ese hombre se inyecta morfina.

Mi padre se quedó paralizado, como si lo que acabase de oír fuese más grave de lo que esperaba. Mi madre, a su vez, acrecentó su nerviosismo. Y yo permanecí sin saber muy bien de qué hablaban.

—He de decirles —continuó el médico— que eso podría traerles problemas.

—La verdad, no sabíamos nada —dijo mi padre, que parecía no salir de su asombro.

—De todas formas, sería conveniente trasladarle al hospital. Si realmente es una perforación de estómago, habrá que operarle enseguida, y, si no, podría entrar en una crisis de abstinencia.

En el interior de la habitación seguían oyéndose los quejidos del huésped: unos lamentos quedos y rítmicos que no cesaban y que en el silencio de la noche se hacían estremecedores.

—¿Tienen ustedes teléfono? —preguntó el médico.

Mi padre le indicó. El médico tomó el aparato con la resolución que a nosotros nos faltaba, y solicitó una ambulancia. Aquella palabra fue la única que realmente me dio un índice de la gravedad del caso.

—Deberían ustedes avisar a su familia —dijo el médico, mientras escribía en unos papeles y preguntaba el nombre del enfermo.

No sólo hubimos de reconocer que desconocíamos si poseía o no familia, sino que ninguno fuimos capaces de recordar el segundo apellido de aquel hombre, que de repente aparecía ante nuestros ojos como un ser oscuro y siniestro.

Mi padre entró, profundamente disgustado, a preguntarle. Al poco salió de la habitación con el carnet de identidad y un papel con una dirección de Cáceres y un nombre de mujer.

—Mandaremos un telegrama a esta dirección —dijo al salir—, es la de su mujer.

—Pero si es soltero —dijo mi madre, que, por primera vez se atrevía a hablar.

Mi padre, entonces, con una dureza terrible y con el tono de voz crispado, dijo:

—¡Será lo que tú quieras, pero me ha dado la dirección de su esposa! ¡Esto nos pasa por tomar huéspedes!

Mi madre comenzó a llorar. Mi padre se sentó en una de las butacas visiblemente contrariado, mientras el médico terminaba de rellenar el formulario, impasible, como si estuviese acostumbrado a aquellas escenas.

El ulular de la sirena rompió el silencio de la noche, lo cual aumentó nuestro nerviosismo y nos produjo una cierta vergüenza al pensar que, con aquel escándalo, todo el vecindario iba a enterarse de lo sucedido.

Frente a nuestra casa paró el furgón que mantuvo el motor en marcha. Dos enfermeros entraron tras hablar con el médico. Mi madre cerró la puerta del cuarto donde estábamos para no verle salir.

Pero yo permanecí mirando a través de los visillos y le vi en la camilla, moviendo la cabeza de un lado para otro, como si el dolor no le dejase quieto. En ese leve tránsito, me pareció más voluminoso que nunca, con el batín azul de cachemira, como un aristócrata a quien ha sorprendido la vulgaridad del dolor.

Después volví a la cama obligado por mi madre y durante mucho tiempo continué oyendo, desvelado, los murmullos de mis padres que discutían entre sí.

Dos días después se presentó en casa una señora muy alta, con el rostro muy pálido y unas enormes ojeras. Dijo que venía a recoger las cosas de don Fernando, y que era su esposa.

Mi madre lo tenía todo preparado. La mujer cerró las maletas sin hablar, excepto alguna palabra de cortesía. Sólo cuando iba a salir se lamentó de su suerte y dijo algo así como que aquello no tenía remedio.

Cuando la señora se marchó, y mientras mi madre la despedía, entré en la que había sido mi habitación. Me quedé observando aquella distribución de los muebles fría y convencional. El colchón estaba al descubierto, enrollado sobre la cama. Miré en el ropero donde sólo quedaban algunos periódicos viejos y una novelita de detectives como la que le viera leer los domingos en el bar cercano a casa.

Entonces entró mi madre y dijo:

—Voy a tirar el colchón, no quiero que nadie vuelva a dormir en él.

Lo dijo con un cierto tono de repugnancia, como si en aquellas lanas estuviesen aún los restos de la morfina que tanto nos había impresionado.

Fue entonces, al hacerlo, cuando reparó en la máquina de afeitar eléctrica caída bajo la cama.

—Mira —dijo—, han olvidado la máquina de afeitar.

Entonces, sin volverme, le dije:

—No importa. Tírala, también.

YO, ROBINSÓN SÁNCHEZ, HABIENDO NAUFRAGADO...

A punto de acabar junio, el cartero nos sorprendió con aquella carta certificada. Mi padre, al ver el membrete que indicaba su procedencia de la Central de la RENFE, pareció perder su temple habitual y firmó con dificultad en el libro que el cartero le puso delante.

Permaneció de pie ante la ventana y con los dedos torpes, agitados por el nerviosismo, intentó abrir la solapa. Al primer intento el sobre le resbaló de las manos y cayó al suelo. Volvió a cogerlo y esta vez sin contemplación rasgó el borde lateral. Extrajo la carta. Su rostro, a medida que la leía, iba insinuando el significado de cada uno de los renglones. Primero se le vio entristecer, después sonreír y finalmente se la entregó a mi madre.

Ella, por el contrario, se ensombreció desde principio a fin, y al acabar exclamó:

—¡Serán canallas! No aceptarás esta humillación, ¿no?

—No sé, no sé —contestó mi padre, yendo de un lado a otro de la habitación.

—Vamos, si aceptas esto, es que no tienes dignidad.

—Quizá sea el primer paso. Tal vez, después todo sea más fácil desde dentro.

—¡Todo eso son tonterías! —insistió mi madre—. Está claro que no volverán a darte tu puesto. Esto es una componenda. Yo los mandaba a la mierda. ¡Es que no hay otros trabajos! ¡Es que no puedes dejar de pensar en los trenes!

El motivo por el que a mi padre le habían separado de su puesto nunca estuvo claro para mí. Ahora, a petición suya, le concedían volver, pero en un puesto de muy inferior rango. No sería maquinista. No volvería a subirse a una máquina. Pero él seguía creyendo que el tiempo le daría la razón, que esto era el primer paso, que después ya se vería.

Lo que le ofrecían era tan sólo un puesto de peón en una estación de la sierra, en la que se encargaría de mantener a punto el agua para las máquinas que allí repostaban. Si aceptaba, tendríamos que vivir en la misma estación, a diez kilómetros del pueblo, en una casetilla de puesto, donde en una sola habitación se concentrarían cocina, dormitorio y estar; además, posiblemente sin servicio, tendríamos que usar los retretes de viajeros.

Yo no podía entender, al igual que mi madre, aquella pasión suya por los trenes. No comprendía cómo podía perderse toda ilusión por la vida alejado de aquellos mastodontes mecánicos. Aunque sospecho que el corazón humano fija sus anhelos sin demasiadas razones y a veces contra las razones.

Dos semanas después hicimos el traslado. En aquel viaje mi madre permaneció todo el tiempo en el asiento, sin moverse. Mi padre, por el contrario, parecía haber recobrado su verdadera casa. Iba de un lado para otro, fumaba cigarrillos con los maquinistas, charlaba con el revisor, todo como si de nuevo estuviese con los suyos, sin percibir las miradas de compasión con que unos y otros le escuchaban. Yo permanecí todo el tiempo junto a mi madre, como quien acompaña a una mujer que va o viene de la desgracia y, aunque me dolía la falsa ilusión de mi padre, me agradaba verle así, tan ocurrente, sin nada de alcohol, con la sonrisa en los labios y la mirada de un Moisés que atraviesa el desierto sin saber que él no verá la tierra prometida.

Nos instalamos a mediodía. El puesto era aún peor de lo que habíamos imaginado. Una especie de prisma oscuro y sombrío, de ladrillos ennegrecidos, que servía de sostén a unos depósitos de agua. Desde su interior se veía la base de los bidones, que hacían de techo altísimo, y en el que habían anidado algunas golondrinas para distracción de mis ojos. El edificio de la Estación quedaba a la derecha. Entre ella y nuestra casa existía una cantina que regentaban dos hermanas ya viejas y, al parecer, poco simpáticas. Más allá estaba la casa del Jefe de Estación, ésta más habitable y con un coqueto jardincillo delante. A la izquierda, varias dependencias, almacenes de carbón y herramientas y un grifo de agua con una pileta toda llena de avispas. Enfrente, las vías del tren. Y al fondo, la sierra, un cerro gigantesco que parecía venirse encima, solitario, tan sólo habitado de encinas y rocas. Al caer la tarde aquellos montes quedaron en penumbra, agigantada su figura, escondidos ya los árboles al abrigo de la noche. La Estación entonces tomó el tinte azul de los lugares solitarios al atardecer. El aire se llenó de ecos. Se oían los gritos de las golondrinas cruzando el cielo, la voz acompasada de algún cárabo que iniciaba su infatigable intermitencia como un bandido amenazante. Un guardagujas golpeaba con un martillo junto a una vía muerta. Resonaban las voces de los hombres conversando en la cantina. Mi padre estaba entre ellos y a veces reía como si el olor cercano de la carbonilla le produjese una especial sugestión.

Encendieron la luz de la Estación y se postraron a nuestros pies algunas sombras. Entonces mi madre me dio una lámpara de carburo y yo coloqué una cerilla en su espita. Lentamente, se expendió una luz blanca que despedía un olor denso y gaseoso. Vi entonces, en el rostro iluminado de mi madre, que por más que la luz sea intensa ninguna alumbra la oscuridad del corazón. Y mientras ella continuaba ordenando el partido con la resignación de quien ha de pasar una noche larguísima, yo saqué de entre mis cosas un cuaderno y en la primera hoja, como si acabase de arribar de un naufragio, y sin temblarme la memoria, escribí: *Yo, el pobre Robinsón Sánchez, habiendo naufragado durante una terrible tempestad, llegué a la playa de esta miserable e infortunada isla, a la que llamé de la Desesperación...*

Después puse una fecha. Y con la seguridad de saber que aún permanecería allí todo un verano antes de que cualquier otro barco me devolviese a Sevilla, decidí hacer una relación de lo que me había ocurrido en el último año. Para ello, saqué un tintero que había comprado antes de venir, y tomando la pluma del ave Fénix, que con tanto esmero conservaba, comencé a escribir sin dificultad, como si a través de ella resucitasen de nuevo los sucesos de aquel año.

ÍNDICE

Esta obra mereció, en su segunda convocatoria, el Premio Internacional de Literatura Juvenil Infanta Elena.